MANY FLOWERS

掌上花园

王国华 著

深圳出版社

序

花儿向我跑来

我要感谢那种花养花之人。感谢雨水阳光和土地。感谢松土的蚯蚓和小虫子,感谢传播花粉的蝴蝶和蜜蜂。感谢所有的付出。他们让我和花朵相遇,让我就着这花香度过余生。

笔下每一种花,我都要以文字描述其状貌,或长或短。让没见过的人脑子里先有一个大致的轮廓。我写这些花,绝不能让读者因为没有见过而感到疏离。

我所描述的植物,全部为我亲眼所见,大小粗细宽窄颜色均系个案,无法做到应有尽有。尊重事实,并不以百科全书式的花卉专家为追求目标。我是作家,写的是散文。读花写花,虽一知半解,但固执于此,不想了解此花之外的庞杂世界，如品种，如别名，如种植地域，如吾表达之外的多种品性。亦即，它们仅限于我见过的花，我理解的花，我牵挂的花。

约花、读花的时候，最大困境是消磨掉好奇心。所见之花日多，每每产生"这一种我已见过""这不就是谁谁谁吗""这个和那个差不多嘛"的想法。好奇心一减，爱意亦减。每当此时，便刻意抹掉一切成见，用婴儿一样的眼睛去接触它们。

凡是长在大地上，风吹雨淋无法搬动的植物，它们的花朵多么残破和怪异，我都爱它们。

我笔下的这些花，每一种至少要亲眼看见两次。每次对视不少于五分钟。如此，我才能听到它跟我说些什么，才知道自己该怎样介绍它。

笔下的花，或活泼，或沉郁，或淡然，或跳脱，但每每落笔，常有忍不住大哭一场的悲伤。花儿们各自芬芳，开了，谢了，哪里知道我已经陪伴了它们的一生。

目 录

花开两岸宽

001

天地草木深

061

阳台方寸间

167

独枝亦成林

187

花开两岸宽

叶子落在路边或是水中,花儿都知晓,都同意。它们彼此的默契,就像你我一样。

火焰木

去年开车行经此地，车外的红色一掠而过。知道那是火焰木，等想起去寻它时，花已尽，只剩下满树空空的绿。今年再来，终于得见。

火焰花开得正盛。几朵拳头大的花朵紧紧偎在一起，凑成一枝硕大丰满的花朵。每朵都是简单的钟形，可存雨水，小虫可在里面停歇。花朵边缘有一圈黄，仿佛羞涩的晕。花朵落后的果实，远望似一坨香蕉，等谁来食。

仰着头，我盯住的这一枝火焰花，必是去年见过的那枝。同一棵树，同一根树枝，同一个疤结处。

它是否知道自己去年曾经绽放过？受过虫咬蚊叮，在急促的夜雨中瑟缩过身子，也在浓烈的阳光下随风漫舞。如果它认为自己只是今春开放，盛夏时即落在地上，再无生机，那我该如何向它解释，把它的前生告诉它？

只有我知道，今年这几个月，并不是起点和终点。去年有过相同的历程。它只是醒来又睡去,睡去又醒来。即使谢了,明年此刻还会再次萌发。后年如此,大后年如此。我会年年见证它的醒来和睡去。它将今年这几个月中的酸甜苦辣,视为自己必须于今年了断的事情,该珍惜的珍惜,该懊悔的懊悔,该开枪的开枪,其实它还有机会。

我以去年的心境,打量和了解当下的它。

在睡去和醒来中空档的那几个月,以我目力所及,自然无法亲见。但那些在树枝内部的活动,一定是一个连贯的过程。生命的气息在延续,细胞乃至思想也未停止。今年的这次盛开,不过表面的灵光一闪,随后还会起起伏伏,时隐时现地运行。

我的今生,岂不是和这枝火焰花一年中的遭遇一样。谁在空中打量着所有的人?TA 的目光停留在我的身上,想告诉我,我的前生如何如何,而我茫然举头,一无所获。我沉溺于当下的买房、工作、人际关系、个人前程、生活中的小算计,似乎还有点乐此不疲。在博物馆中见到一只巨大的只剩下骨架的恐龙,无论如何也无法将它和我现在的肉身联系在一起。即使它就是我的前身。我该如何捕获空中的 TA 发给我的暗示。

又或许,我和这枝火焰木,其实就是互相轮转的关系。它即我,我即它。我们两个轮流在世间承接风霜雨露,在土地里进进出出。

啪嗒一声，一朵火焰花掉在脚边。我轻轻捡起，将其小心地置放于旁边的草丛里，用枯叶盖住，仿佛掩埋了自己的亲人。此时的我，心中无悲无喜，明年我还会见到它，就像今年过后，逝去的亲人，忽然毫无征兆地出现在我的面前……

黄花风铃木

二十世纪八十年代，日本动画片《聪明的一休》的主题曲是朱晓琳演唱的。第一遍用日语唱，第一句为"格地格地格地格地"，第二遍用中文唱，成了"欢喜欢喜欢喜欢喜"。每年三月，在深圳的街头，看到成行成排的黄花风铃木，立刻就想唱"欢喜欢喜欢喜欢喜"。

花朵风铃一样挂在枝头。树上几乎没叶子。枝干与花，生硬地勾连在一起，看上去像假的。其形似漏斗，如纸片制成，薄而柔弱，抖抖索索。没风也抖索。非常鲜亮的黄，心情无论多沉郁，被那黄色一搅，顿时就飞起来了。

那是舞蹈一样的"飞"。周星驰电影《食神》中，主人公做了一碗叉烧饭，女食神吃完，直接在叉烧上打滚儿。对，就是那种"飞"。身体轻盈,手舞足蹈,忘乎所以,泪流满面。在树上飘着。在道路上空翻跟斗。在楼顶上踮着脚尖练习芭蕾。烦恼和纠结被这舞蹈碾压,摔打,一两秒钟就不见了,所谓"抛到了九霄云外"。接下来的舞蹈乃纯粹的心灵之舞。在巨大的蓝色天空上画画,与一排排澄明之黄融为一体,顺便点燃身边一个个还懵懵懂懂的人。万物都因为它的欢喜而呈现出欢喜之态。

这条路走到尽头,心脏刚刚落地,即将回归到一个小时前的俗世中来,一转弯儿,又一排黄花风铃木扑面而来。心又开始飞。它就是欢喜神。和它在一起,哪里还有什么空虚寂寞冷,这里全都是充实圆满热。

它的黄,那么胸无城府,那么亲切和蔼,那么明朗晓畅。一首歌可以让人潸然泪下,一句话可以让人心潮起伏。这些,黄花风铃木也做得到。一朵花,用自己的形貌让你心花怒放。它一定是暗合了人体的运行规则,从肉体浸入灵魂。其颜色、大小、高低,全都经过了沙盘推演,恰到好处。增一分则肥,减一分则瘦。稍微动一下,就完全是另外一个样子。但你看它们,在风中摆出很自然的样子,仿佛生来如此。的的确确,对它们而言,哪有什么束缚感。路人欢喜或忧伤,与它何干。它们可大可小,可高可低。花大者,近乎半个脸,小者如婴儿拳头。唯明黄不变。枯萎了也是明黄。

它不是谁派来的，要传达什么。它挂在那儿，那就是它的本质。于它自己而言，那样最妥帖，最顺遂。而带给别人什么样的感受，应不在其考量之内。我感受到的是欢喜，有些人可能感受到的是凄惶，只是他没说出来。每个人内心里承装的东西不一样，和黄花风铃木擦肩而过时产生的化学反应亦不一样。

这是我和黄花风铃木之间的欢喜。真好啊。趁着它们开放之际，我要天天与其会面。

夹竹桃

夹竹桃有毒。灌木，易存活。山坡上种植，可防滑坡。隔离带中种植，可吸汽车尾气。它美丽。粉也可白也可，红也可黄也可，随你。雪白的花没有香味，粉色和桃红的有香味。可实用，果实榨取润滑油，茎皮做混纺原料。它花期长，五月开花，十月方谢。夹竹桃有毒，人、畜误食即死。对于花朵来说，不能打人骂人，不能暗中使坏，有毒是唯一的自卫方式，也不知前生到底受过多大委屈。

凤凰花

因为凤凰花，五月的天空在一年中最红。

多年前，花朵均为白色。神把它们叫到一起，拿出一百种颜色供其挑选。凤凰木选择了红色。赤橙黄绿青蓝紫七种主色调，红排第一位，最耀眼。但并非所有的花都适合红色，也不是所有的花都喜欢红色。一个个行至红的面前，看看，揉揉鼻子走开了。每一种选择都需要权衡。一念之间，牵系着前半生的成长与后半生的路径。你知道，命运百分之九十九由神安排，而那百分之一的自我选择，却可以毁掉这百分之九十九。它们纷纷向神伸出手，指认自己颜色的时候，神笑了，用手抚摸它们的头。

叶如飞凰之羽，花若丹凤之冠。凤凰花由此得名。远看一簇一簇，近看，每朵花瓣之间都留有缝隙，与疏密相宜的叶片搭配，使其看上去秀气。白云在细小的缝隙里隐隐可见。红色本身已经压人，若浓得化不开，便有得势不让人之疑。再红一些，则成高级黑。人这一辈子有无数种选择，多属碰运气。花选择了便再脱不下，一代代穿着它。凤凰花于天空之恰如其分、于周围事物之妥帖，可见当初选择之智慧与勇气。

凤凰花一开，春天便彻底结束。深圳的春和夏，本无明显界限。不似北方的秋天，一阵秋雨一阵凉，寒霜杀得秋叶黄。春入夏无痕，但仍需仪式感。交接不用立正、稍息、敬礼，但起码有一个起止。休止符加起跑线。它们问过叶子，叶子不肯变黄，也不肯变得更绿。问过雨水，雨水不肯更多或者更少。不是不愿意配合，而是有各自的节奏。乱了节奏，便乱了天时。凤凰木经过时，举起了手臂，一片炫目的红。仿佛说，我来为你们观礼。在凤凰木郑重的表情下，春天和夏天彼此注目，擦肩而过。万物间的分分合合，因每一个正式的仪式而见证了存在，凸显了意义。

此时校园里正做学业冲刺。年轻人面临人生中最初的分离。骊歌响起，凤凰花伴奏。满地的红叶如弹落的音符。它拒绝凄风苦雨，却也为这感伤添上几分美。让自己的美平添了几分感伤。

木棉

名木棉树者，没有矮子。瘦而高，枝干清癯，直冲云霄，把花朵举得高一点，再高一点。好像下边蹲着一条狗，随时要蹦起来咬它们。满树无叶，只有通红的花。花朵五瓣儿，手掌大小，肥厚坚实，掉下来轻轻"砰"一声，吓人一跳。

曾写打油诗一首:"枝头遍染红彤彤／二月木棉露峥嵘／百花争艳情切切／春来伴香意重重／人间芳菲应有尽／浓肥丹赤却无穷／笑看夜来风雨疾／零落成泥还是红。"此处的"二月"为农历,实为三月。曾在某年春节前游历海南,见木棉正艳,比深圳早约一个月。二〇一九年公历二月初,深圳花开。是偶然,还是全球天气变暖之大势,不得而知。如此年复一年,岭南植物可大量北迁。

吾长于北地农村,田中棉花亦开花,粉色,无人关注。注意力集中于"棉"。市民爱木棉,皆爱花,捡拾花朵晒干泡茶,有解毒清热驱寒祛湿之功效。花落后,有果实成熟开裂,棉絮随风远行,似杨絮柳絮,曾为本地先民保暖之必需。夏日午后,偶见雪白两朵棉絮粘在肮脏水洼之侧,不觉淡淡失落。

美丽异木棉

春天若没有阳光,夏天若没有雨,秋天和冬天若没有美丽异木棉,深圳将会是什么样子?

听到这个提问,高大的美丽异木棉站得更直了。小区院子里、公司楼下、高速公路两侧,只要你不闭上眼,美丽异木棉顶着一头粉色就汹涌而来，遮住了秋天的萧瑟和冬天的阴冷。秋是暖的，冬是暖的。

仰望它，七八米高。目力所及，粉色集结如云。它们占领了制高点，以点带面，有更多的外延，让这粉色的影响力发挥到最大。此为主流话语权。偶尔落到地下，方能看清一朵花的真面目：五个花瓣，并不平整，稍皱。彼此距离远，使得花朵看上去比较大。花朵中间有一圈浅黄色纹理。

下面是坚硬的柏油路。本该接接地气的，却没有土。一阵雨来，落花随着流水进入了下水道。落花若多，会形成粉色小溪。

美丽异木棉也有绿叶，但谁看到了？它的粉势如破竹，势不可当。这正是它的特殊之处。这样的树还有一些，如火焰木、黄花风铃木等，每一种占领一个季节，让四季有所依托。美丽异木棉粉得如此纯粹，花和叶一定是经过一番讨论的。谁隐身，隐的比例应该多大，每一朵花和每一片叶子均具有发言权。独裁搞不定。整个过程充满了怨言，甚至争斗。终于某一天，它们达成了共识。所谓和谐，不过是妥协。大家对结果都不满意，但都可以接受。如此，绿色渐失，粉色渐浓，五颜六色定于一尊。

摇曳着的粉，不枯，不冷。它知道自己承担着什么，也晓得四周布满监督的眼睛。天空一旦变冷,绿色就会登台。

刺桐

西乡大道是一条城市快速路,旁有辅道,再旁有人行道。人行道一侧,森森的树。我曾是树盲,见树干与绿叶,全一个样。唯有花朵可以区别彼此。

三月,见几棵树上长出稀稀拉拉的花,红色。走近细瞅,是一串极像红辣椒的花瓣。摸一摸,手感略似橡皮,有点硬,富弹性。闻一闻,一点味道都没有。以手机拍照,回家翻看,红色洇湿了整个画面。

刺桐树。我家周围只有这么几棵,总是开稀稀拉拉的花。普通如我者,实际生活半径不过周围一两公里。久而久之形成定见:刺桐树寡言,花少,如话少的人。

某一天,陪外地朋友去观潮。在海边一宾馆附近见到一棵硕大刺桐树。满树的红啊,远望像是被泼了红漆。红辣椒的轰鸣声中,每个辣椒都泯灭了自己。其时,小雨淅淅沥沥。不由得担心,从树上滴下来的雨也被染红。朋友在海滩上奔跑,跳跃。我站在那棵树下,仰望着,仰望着,情绪无来由地高涨,再仰望下去,身体没准儿会爆炸。

第二天,鬼使神差般去人行道旁寻旧踪。还是稀稀拉拉的那几串红,仿佛高潮之后的轻微喘息。虚闭着眼。仿佛知道我昨天看穿了它。

老一些的花瓣儿,单个的红辣椒,像是被刀片刮掉了红漆,露出沧桑的白。

不知刺桐花辣不辣,有尝过的朋友,可悄悄告诉我。

紫薇花

未见紫薇花之前,看到的是一排排树干。为此还写了一首诗,名《紫薇》,节选如下:

眼前就是一株普普通通的植物,

与它旁边的同类组成小小的森林。

绿叶是蜡质的,泛着光。

树干像苍老的人的手臂。

种在地面上的白花花的手臂触目惊心。

被淹没在更大的森林中。

它的名字叫紫薇。

我看到的就是它的全部。

我无法想象灿若云霞，点燃天空，
一直蔓延到一望无际的远方。
我不能把没见过的美强加到它的身上……

深圳的紫薇树这么多，我怎能没见过？不知名字，对不上号，便睁眼瞎，视而不见。待知其名、识其色，再见时就像遇到熟悉的朋友，心里轻轻喊一声"紫薇"，依稀能听到对方的应答。

五月末六月初，经常是傍晚，和妻子散步。道路两边的紫薇树整齐排列，高约两丈，空中一排凝固的紫。大片的、浓烈的颜色都选择以天空为背景。别的事物托不住它。

西乡立交桥旁，有一三角地，栽满植物，竟还有一条短短的林荫小径。如此"螺蛳壳里做道场"，深圳颇多。其中两棵紫薇树，艳压群芳。低处的花，可以俯拍。高处的花，模糊不清。路灯都帮不上忙。汽车的轰鸣以及轮胎摩擦柏油路的声音时时响起，试图翻越植物之墙。两相对照，有闹中取静之获得感。

紫薇花开透之后，五瓣，茶杯口大小，皱皱巴巴。这么形容吧，紫荆花放在手里使劲揉搓，一分钟后就是紫薇。小品中，一个人做个鬼脸，变成另外一个人。与此相同。

绽放之后的紫薇非常脆弱，一阵风来，掉在地上。用手碰一下，或者吹一口气，亦摇摇欲坠。地上斑斑点点的紫色，和上面的紫色对望。也许是在等它下来。

天空渐渐失去蓝。紫和黑即将融为一体。如世间万物一样，大家都掉进深夜里。

我和妻子并肩回家。

红千层

初见，以为是谁在柳树上挂了几把刷子。专门刷瓶子的那种。一个长柄上栽满细密的毛，红色，穗状，下垂。造型奇特的花，与树、与叶，与整体颇为疏离，甚至生硬。

节假日，旅游区。人群拥挤，汗流浃背。每一种植物，每一个池塘，每一个粗糙的建筑旁边都有人在等着拍照。那棵长着红刷子的树，歪歪斜斜站在湖边，不高，未形成树荫，行人匆匆忙忙而过，竟无一人停步。

此树名红千层，意为一个接一个的红，层层叠叠（这是就整体而言），又名瓶刷子树（这是就单个的花而言）。倒很贴切。

我心深处，一见钟情，认定它是文艺范儿的、有贵族血统的植物。自小被送入贫寒之家,起了个铁蛋一样的俗名,长于村边田垄。无妨。恰如幼时见过的俊朗少年,身穿破烂背心,鞋缝里钻出黑色脚趾,手持一个窝窝头,双眼炯炯有神。蓬乱的头发随手一抹,便露一股英气。所谓英雄落魄,才子借读,莫不如是。依我看,实际的名字,应该叫慕容垂、红剑南、一手刷天之类。

再见红千层,正逢修地铁。坑坑洼洼,放着音乐的大车一天洒几遍水。道路两旁的植物,仍不免一层灰尘。其中一株红千层,灰头土脸,一副呼吸困难的样子。我瞥了一眼,赶紧转过头去。多年以后,被期待的少年还没杀出重围,却成了一个敦实的中年农民,扛着锄头向田间走去。

木豆

幼年在农村,收割庄稼时最忌黄豆。锗钩(类似镐头)刨玉米,镰刀割小麦、谷子、高粱,全都赤手,收黄豆就得戴上手套,豆秆和豆荚扎手。豆秸垛上也不能躺,扎屁股。世界上总会有那么几种事物,天生与人抵触,透着股谁也不服的劲儿。

但黄豆开什么样的花,完全想不起来。直到看见木豆,曾经的记忆都呼啸而至。带"豆"字的植物,开花多似蝴蝶，如蝶豆、刀豆、扁豆之类，颜色、大小各不相同，轮廓却差不多。我见到的木豆花亦如此。黄色，一个纽扣大小，上面两瓣似蝴蝶的翅膀，下面一瓣似蝴蝶的身子。嗅之无味。近瞧，那些花几乎没有完整的，全部衣衫褴褛，不修边幅。同样的天气，旁边的花花草草，干干净净，面皮粉嫩，弱不禁风。木豆花则像刚刚打过仗，气喘吁吁，灰头土脸。雨水若清洗了它的叶片，半夜它得抓一把泥土糊到自己脸上。为何如此？鬼知道。

黄花旁边挂着一个个果实，与黄豆荚几无差别。绿色表皮上，一道一道黑色的斑纹，仿佛用刚研好的墨刷了一下，在太阳下反射着暗光。手感粗硬，无弹性。

这一棵棵小乔木，被人粗放地栽在路边，好几排，随风仰俯。单独打量任何一棵，均七扭八歪，站没站相坐没坐相。叶子与花毫无章法地混在一起，上的上下的下，左的左右的右。有的开了，有的已枯。一滴脏水从枯叶上滑落，砸得下面的黄花一晃。黄花的边缘随即染上一点脏。然而站在更远处望过来，木豆竟是另辟蹊径，一词以蔽之：野性。

黄豆在诸多庄稼中的野性，通过木豆放大了。后者是前者的接续。黄豆未竟的"不配合"，木豆全盘接收。且不管它，我自己，怎么舒服怎么来。在一片岁月静好之中，随心所欲地行走，脚步踉跄。木豆打乱了整片林子的安详。

这自然不是结尾,只是一个新的选项。破坏之后一定还有另外的秩序,而新秩序如何排列,木豆也猜不到。子曰,礼失而求诸野。木豆仅仅提供"野"。

碧桃

有种颜色叫作桃红。碧桃花的颜色便如此。

两米高的小乔木,叶片长条状。枝条稍细,似乎担不起太多的果实,只能担得起花朵。花朵乒乓球大小,细密的花瓣,手感滑腻,由外到内,一层一层。中间花蕊呈黄色。

一阵阵鸟声从碧桃的花中飞出来。这不是比喻,是确有其事。我悄悄地望着,担心看见那些鸟。

鸟鸣啾啾,尖细。类比人之嗓音,每一只鸟都有自己的音域和特性。而绝大多数人听来,鸟鸣即鸟鸣,无甚区别。愧对它们那么精心地准备了一代又一代。我乃有缘人,与碧桃如此迫近。盯着那一朵朵花,凝神静气地看啊,听啊,终获其中的百转千回,高低错落,哀怨与欢喜,世情冷暖。还有只属于鸟类,人类永远进入不了的逻辑。

一朵花里一只鸟。藏不下两只,容易撑破。如一只也没有,碧桃就空虚,会无缘无故地落下去。从早到晚站在枝条上的，全部获得了鸟群的认证。

侧耳倾听，鸟鸣有自己的旋律，像一首歌，差一点我就叫出那首歌的名字了。一愣神，名字飞走，转换成另一首。这首歌由低缓到明朗，由地面到天际，仿佛捅了一下什么，上和下通透了。

蓝天上，一团白云正向这边飘来，走到黄金分割点的位置，停住了。太阳在斜上方，不大不小。穿一件短袖衬衫走来走去，不晒也不凉。我在很远的地方，什么都听不见，接近碧桃，花中鸟鸣声起。愈近愈大。走到跟前的时候，鸟鸣止于婉转。一切都是恰恰好。窃以为阳光在背后做了统筹。吾虽愚钝，亦可体会到它的苦心。

从始至终，也未亲见那些鸟。它们在自己的世界里唱自己的歌，千万别让我看到。鸟和碧桃融在一起就好。如果飞出来，便是两个事物了。我无法接受。

蒲桃

好大的两棵蒲桃树，无论是平方面积还是立方体积，都盖过了周围的榕树和樟树。带着满身镇定的革质叶片，一东一西，遥遥相望，半个肩膀气势磅礴地伸向湖中。波光跳动的湖面上，荡漾着针状的漂浮物，那是蒲桃树的花。

长在树上的花，毛茸茸的一团，略呈喇叭状，有点像合欢花。合欢花粉色，蒲桃花由白色向浅绿渐进。好多蜜蜂在上面笨拙地爬来爬去。旁边已经结出了蒲桃，手指盖大小，亦浅绿色。对小果实吹一口气，柔弱的花抖一抖，长长的，密集的，细针一样的花蕊纷纷落下。草地上，湖水中，和愣在空中仿佛凝固了的花蕊，在这个春气充沛的下午，活力四射，生机勃勃。

而对于整株蒲桃树，它们只是浓绿中的斑斑点点，庞然大物上的一个个小耳朵。它们在树上点缀着大，让大成为"太"，太大的树，才撑得住静。

水面青绿，把凡是看到的动物植物全部描画在自己身上。那么多的事物拥挤在一起，却静悄悄。蝴蝶扇动翅膀时，无声无息。蜜蜂嗡嗡时摘了麦克风。

远天浑不见。

这两棵树，十几米高，它们就是天空，挡得住各种意外。若一块陨石突然飞来，落到大树的枝杈上，也像砸在棉花垛上一样，世界依然。没谁会大惊小怪。果实们在默默生长，默默成熟，从始至终无人来采，落在地上腐烂成泥。

旁边似有轻微的哗哗声。湖中的喷泉一会儿吐出一柱水，自己跟自己玩。零零星星几个人，有的戴着口罩坐在石凳上发呆,有的在打电话。即使他们中间有一个人哭喊起来,在这两棵大树的世界里也显得渺小。坏人远遁,好人安泰。开心的和伤心的都被蒲桃温柔地搂在怀中。

一望蒲桃天下静,再望蒲桃大地安。

长隔木

长隔木乃灌木。种在公园路边,绿叶茂密。功用类似篱笆,防止调皮捣蛋者跳到彼端。那一边是大斜坡,深不见底。枝丫有粗有细,扭曲得简直没理由。某一枝会非常突兀地伸出,低头看手机的人常常被划一下。

六月开花,红色,花朵像一根火柴棍儿。站远一点,看到灌木上插了一把火柴棍儿。再远一点,浅红一片,分不清谁是谁。许是周围花开太艳,长隔木不甘人后。在他人眼里,其花朵敷衍而已。在长隔木那里,定是尽了全力。毕竟开花不是它的专业。

名字起得好。木本曰"木",功能曰"隔"。"长"者,便是这小花。非洲部落的孩子被鬣狗追咬,捡起一块木板顶在头上。鬣狗见人突然变大,不明就里,撒腿逃离。灌木丛枝丫乱刺,已让活物生畏,还不放心,再加一点长度,令其远离。像古代守护深潭漩涡的老龙一样兢兢业业。

合欢花

抬头,高大的树木上,阳光灿烂。合欢花在微风中轻轻晃荡,仿佛一个个粉色的小绒球。用同学的望远镜看,有的是半圆状,细细的绒毛扎里扎煞,像杀马特。

叶片羽毛状,纤细。花朵也显得纤细。

二十世纪八十年代初的农村,生活贫乏,温饱尚未解决。我直到小学毕业都没穿过袜子。所有的物品都会被问到:能吃吗?合欢花种在本村一个远房亲戚的院子里,每年开一次。不能用来出售,不能当菜吃。手持这么大一棵无用之美,全村唯一的一棵,他家可真富有。

我呆呆站在树下,被美熏陶着。身心俱香。

幼时一直称此物为"绒花",倒是贴切。稍大,听到有人说,此树名合欢,可以治"愁"病。心里很不舒服——我不希望它有用,哪怕是一点点用途。

三十年后,于深圳路边重逢合欢花。心里涨满了欢喜和忧伤。

童年最美的花,此时依然最美。

三十年啊，少女已成大婶，英俊少年满头白发，暗恋对象在微信朋友圈里卖面膜。而合欢没变，纤细、轻柔、粉白。白手腕子伸展在空中。容颜一点不老，似乎千年于它，也不过一瞬间。

含笑花

常绿灌木含笑花，隔离开我和她。她在对面打电话，我在这端被花吸引了目光。

若无这些花，灌木与灌木几乎没区别。叶片都硬，枝干都支棱巴翘的。有了这些花，互相之间立刻阶层森严。含笑花属于高贵的那种，自带王冠呢。

含苞时，瓜子形状的一个长椭圆，摸上去毛茸茸的。绽开之后，弹球大小，淡黄色，六瓣儿，内敛，微微收着。中间细细的花蕊，呈浅紫色。散发着的清甜，略似刚切开的新鲜苹果。为它起名的那个人，初见此花时家中一定有喜，不敢大声宣布，遂将心事托付于花。

含笑花很具底线意识。似笑非笑，嘴唇微微上翘，随时可收回。在笑与不笑之间，绝不会堕落成为"含哭花"。它的底线是不笑。六瓣儿花互相牵连着，各自独立。凋谢时，先落下一瓣儿；想一想，再落下一瓣儿，所谓犹豫之美。如果还没想明白，剩下的几瓣儿就在枝头多挂两天。

这一排含笑花，貌似结实，实则柔弱似少女。不耐寒，不耐干燥瘠薄。喜阴又怕积水，喜热却需背阳。它动辄止步不前，欲言又止。见人三分笑，说话不说满。花瓣儿上挂着试探的笑。它对这个世界的态度就是试探，合则笑意浓，不合则止笑。它身上看不到大开大合的决绝，天性中便是小欢喜中兑一点儿水。这多好，不是因为吃过亏才有此选择。

我不认识对面的她。她脸上淡淡的笑却让我认出来了，像含笑花。

基及树

出门进门，一天至少见它们两次。这是一条隔离带，高不及腰，将停车位和后面的小池塘一分为二。管它绿又长，对其从来是视而不见。如果我的目光在所有经过的事物上停留一下，眼睛能活活累死，忽略哪些，注视哪些，潜意识里脑子自有分类。

是上面的小花让我停下来。一片绿色上撒了星星点点的白，定睛观瞧，它竟然开花了。查，此植物乃基及树。

虽曰树，却像半大小子的小平头，整整齐齐，摸上去扎手。园丁三天两头来剃它们，比照顾自己儿子还上心。它们永远那么高，让你能看到池塘边上的所有事物，而又正好跳不过去。

五瓣的小花，半个手指盖大小，长在每一枝的顶端。叶片瓜子形状，油油亮亮，衬着小花，如绿水中的白鹅。当然都是超微型的。和那些小花对视了一会儿，似有些话要说，不知该说什么，就这样犹疑着离开了。此后又长时间忽略了它们。生命于它们，只是生和死，浑浑噩噩，混吃等死。至于悲欢，莫须有。

有天深夜，或曰凌晨，酒后回家，在小区门口，忽然眼前一黑。隔离带，也就是那些基及树，站起来了。它们高有两米，像一堵墙，遮住了眼前的一切。我揉揉眼睛，确认了这一事实。心里一喜，它们竟然是有灵魂的生命。以前对它们的忽略过于轻狂了。夜，是给有灵魂的生命准备的。这一时段，它们可以恢复到最自然的状态，就像人的身体，舒展，放松。半夜的中年人，如我，会咳嗽，手掌会疼，这是恢复过程中，在和自己较劲。"自然"和"不自然"发生了冲突。醒来之后就不疼。疼乃冲突的反应。肉体的所有者，灵魂在空中飘，眼睁睁看着，仿佛与自己无关。

此时的基及树，也是恢复了最本真的姿势，恢复了本来的欢喜和憧憬。时不时被电锯削割，貌似坦然领受着，其实它知道自己应该有的高度。此时此刻，统领万物的是神，不是人。基及树在其召唤下复活。被裁掉的那些叶子和乱枝，纷纷从地下钻出来，回到自己的位置上。基及树丰满而健壮，在夜风中，像一个把手揣进兜里的沉稳的中年男人，平静地呼吸。

也就是愣了一会儿，心说，没什么大不了。转身回家了。依稀感觉到背后那一面墙似的植物，高高地俯视着我，眼神温和。

如你所料，第二天早晨，我特意在基及树那儿停了一会。刚被晨雨浇过，那条毫无特色的绿绿的隔离带，湿漉漉的，如落汤鸡。而我，像什么都没有发生一样。

女贞

三月是隔离带植物集中开花的日子。

石斑木、含笑花、九里香、基及树、长隔木……这些平时总板着脸的家伙们笑起来，红的白的粉的都有，花儿还带着香味。笑归笑，枝条上的刺依然尖锐。整整齐齐的也好，乱蓬蓬多年不修剪的也罢，都很硬。它们把城市隔成大大小小的一块块。道路切开，人群分流，房屋遥望。隔离带两边的空气都不一样，这边稍宽松，那边紧张兮兮。

它们不讲道理。为什么南边不能进，为什么只能沿着这一条路走，为什么必须绕道才能抵达近在咫尺的对面？它们板着脸，不说话。问急了，只有一句回答你：领导就是这么安排的。

植物哪来的领导？是谁？它们又不回答。这就把问题带到死胡同了。

绿叶子密不透风。

在似已无路可走，无可对话的氛围里，站起来几株女贞。细弱的小灌木，枝条根根明显，不胜风力，忽然就轻颤起来。叶片椭圆形，似纸质，两两对生，手感软。含苞的花朵如白色的米粒。已开的是四瓣儿小花，每一瓣都很小，平摊开，中间伸出一根相同比例的细细的花蕊，肉眼勉强分辨得出。

这些女贞，亦是忠贞的隔离带分子，受命阻挡一切应被阻止的事物。但它绝不硬碰硬。先是以白花晓之以理，再以枝叶说服。一番僵持，也就小半天了。若对方执意要通过，在女贞这里也许会受一些伤，但点到为止。它是隔离带中身段最柔软的一枝。让整个隔离带还可以被人接受。不愧名字中带一"女"字。而隔离带中的其他植物，并不因此而排斥它。谁都不傻，有了女贞，其他植物才不至于因为没有回旋余地而遭刀劈斧剁，甚至一把火烧毁。

三月的隔离带，淡淡的香味在回荡。是所有植物送给女贞的。一年中，只有这一次，它们向它表达敬意。

秤星树

秤星树在哭，每次经过那里都看到它在哭。秤星树苗条，单枝，手指粗细，高不过两米，枝干绿中显黑。叶片纺锤状，两头尖，中间圆，长不过一厘米。枝头未开的花苞，如谷粒。已开的小白花，五瓣，每瓣都极小，柔嫩，一碰就掉。春天来了，花似泪，扑簌簌落下来。

有一种植物，名为薇甘菊，草本，攀爬类。据说能分泌一种化学物质。上至七八米高的榕树，下到满身是刺的灌木，更不用提那些柔嫩的海棠与凤仙花，薇甘菊爬到谁的身上谁必死无疑。薇甘菊绒球状的小花，好像一个个蛇信子，在天地间伸缩舔舐。在薇甘菊那里，从没有什么缓冲地带，只有二元对立、你死我活，亦无一种天敌可以制服它。它是闯进瓷器店的公牛，所到之处，哀鸿遍野。它上蹿下跳，吃饱喝足之后，种子像花粉一样随风飘走，来年落地生根，扼杀另一片植物。

在这株秤星树身后，大片大片的枯槁之色。簕杜鹃，桂花树和白玉兰，七扭八歪地站立着，都成了尸体。绿色变为深黄。黝黑的树干，瘦弱如死人的骨头。昨天的缤纷美艳，说消失一下子就消失了。在深圳这雨水充沛、花开四季之地，如此大面积的死亡，着实触目惊心。而缠绕在它们身上的薇甘菊，也已枯萎。它们密密麻麻，凝固的姿势还在向秤星树这边奔跑，仿佛电影中的厉鬼，毁灭前挣扎着把手伸向无辜的人。秤星树是跑不了的，在湿润的海风中瑟瑟发抖。薇甘菊猎杀了所有植物，终究没有逃过生命的规律。其制造的肃杀气氛，在它死后仍弥漫于整片小树林中。

秤星树并非没有死，只是还没来得及死。

作为唯一的幸存者，你以为它会庆幸而笑吗？它已经吓傻了。从现在开始，后半辈子每一天都生活在曾经的阴影中。它目睹了同类的惨状，又无法施救。它惊魂不定，想起来就哭，想起来就哭。落叶也哭，繁衍也哭，清晨也哭，夜半的噩梦里也哭。它开出的小花里，始终有一滴咸咸的水。地下新钻出来的萌芽向它伸手，它也不敢接一下。它会感恩吗？可是感恩谁？没人救它，只是命数令其逃过了一劫。明着是少了身上的一刀，而心上的那一刀并未逃过。

这个春天，我从秤星树旁经过时，几次想跟着它一起哭泣……

紫荆花

乔木上的花,总应先有主干,再有枝条,枝条上长叶,叶捧着花。按部就班,水到渠成。个别紫荆花突兀,直接长在树干上,仿佛谁用钉子钉上去的。一位裙裾飘飘的微胖少女,站在高处东张西望。其实也有嫩绿的细枝,细到略近于无。既然大美,不可能全部中规中矩。

五瓣儿,巴掌大小,张开,像旋转的手工风车。每一瓣儿都是动的。高大、粗糙、略带扭曲的树干,顶着一头的花朵。所谓花枝乱颤,唯此为大。彼此挨得并不是很近,新绿的叶子、花、漏下来的天空,疏密有致。

街头一棵挨着一棵的紫荆树,浓荫如盖,铺排出满街的暗香。从树下走过,香气沾满头发。这是深圳的冬天,其他花木回屋休眠,留下紫荆树把门。冬天并不冷,紫荆花心想,反而很凉爽,有助成长,你们这些听风就是雨的家伙。

紫荆花本来另有其花,祖籍北方。岭南之"紫荆花",准确称呼为"洋紫荆",正名为红花羊蹄甲。大家都简称其为紫荆花,竟约定俗成,取代了本尊。

花瓣儿落下,柔软,轻盈。风一吹,掀起汹涌的紫色波浪。捡起来捏成汁,手指头染成紫色。舍不得擦掉,用它去跟别人握手,彼此的手都变香。

龙船花

一个球,两个球,三个球,成百上千个绣球。花朵长成圆滚滚的球状,也真费了心思。一片片浅红小花瓣相互依偎,谁高谁低,谁举起胳膊,谁弯下腰,像经过精心演练,杂技一般。定型后,都不再动。绣球结扎在灌木上,排列于路边,高可齐腰,低者及膝。一路走过去,忍不住要伸手摸一摸。

该花盛开之时,正逢南方赛龙舟时节,故名。龙船花形成一条隔离带,下方是条小河。隐隐有歌传来:"姐儿头上戴着杜鹃花,迎着风儿随浪逐彩霞;船儿摇过春水不说话,水乡温柔何处是我家……"

九里香

路边一丛九里香。小碎花,一朵挨一朵。白色,浮在一人高的绿叶上喊叫。均五瓣儿,或有其他瓣数,吾未得见。

行人纷纷停住,凑近了提着鼻子闻,浓香。没人嫌花朵细小。又名七里香、千里香、万里香。多少里都没关系,被香气熏蒸过的人,心会变大,不在乎那几里的误差。

艳山姜

蹲在路边的植物,如滴水观音、芭蕉等,大棵,够绿,皮实,足矣。开不开花无所谓。艳山姜孤傲,一定要开。花朵像膨胀的麦穗,颗粒如手指肚大小,白中透粉。裂开则似有涎水滴落。全部裂开后,尤其扎眼。前几年,其他植物见之均侧目,以为逞能。后来渐生敬意。愿意盛开者,乃为周围所有植物张目。

兰花草

万千颜色中,蓝色并不突出。红、黄、粉,随便抽出一个,都强力碾轧它。

兰花草本质上还是草。纤细,不高,绿油油,整整齐齐拥挤在路边、墙角,过一岁一枯荣的生活。忽然有一天,它们开出了花。不敢抢传统花朵的风头，它们选择了蓝色。说大不大，说小不小，随风摆动。墙头和树木上的花朵们俯视着兰花草，似有话讲。

流塘路上，我蹲下来打量树下这唯一的一朵兰花草。所谓万绿丛中一点蓝。有句歌词唱道："我从山中来，带着兰花草。"下面的内容谁也不要讲给我听，这两句已是歌词的全部。我知道这朵花是怎么想的。兰花草只在深山中。移栽到都市里，不爱此方水土，开一朵意思意思得了。

海芋

我不敢确定这是花还是果实。但我就是想称它为"花"。

路边，几片硕大、油亮的叶子，小伞一般。阳光铺上去，令其半明半暗。它们兜住一根绿色旗杆，上面顶着个红色的棒槌。再形象一些，就是玉米穗。籽粒饱满，明亮的红。用手捏捏，较软。不敢再捏，直觉其不善。后来查资料，海芋就是滴水观音，确实有毒。

多好啊，没有花托，没有花萼和花冠，没有花蕊。集体柔媚中，一个粗粝乃至粗俗的家伙，拔剑四顾，懵懵懂懂，想怎么开就怎么开。花朵的世界因此而圆满。我蹲下身反反复复打量它。想象在微信上晒出来，一定有"聪明人"告诉我，海芋开的花是另外一种颜色，吧啦吧啦……

烦人。

鬼针草

耿立兄说，我认识它，名为鬼针草。

两人在海边，边走边拍各种植物。鲜艳者络绎不绝。唯此野草，触目皆是，越多越视而不见。远望是野草，细看还是。

耿立兄说，它可以煲汤。我们学校多的是。喝过一次，上瘾了，经常采摘。老梗太硬，能入菜入药者，乃顶端的嫩芽。他随手掐下几棵，被我放进口袋里。

查资料，鬼针草为民间常用中草药，有散瘀活血的功效，主治上呼吸道感染、咽喉肿痛、疟疾等，亦可外用治疮疖、毒蛇咬伤、跌打肿痛。一位同事，出身潮州中医世家，一同走路，时不时在路边掐下一片草叶或小花，说，这个可以祛湿，那个可治感冒。随便一株花草，都如自己的手指头般熟悉。认识了鬼针草，我也有了自信。这种遍地都是的野草，便是我的杀手锏。

方形的茎，少见。草上有花。黄色花蕊，一小坨；白色的几个小瓣儿，倒仰状。花虽密，依然是点缀，无法带着一束一束的草走出荒地，走向花坛中。

返家，掏那几棵嫩芽，有针状物被带出，扎在口袋里，需认真摘取，差点刺破手指。应是种子，像苍耳一样沾身即走。鬼针草之得名，定与此有关。

无缘无故想到一句话：在街上看他一眼，就跟他走了。

朱槿

街头的朱槿比家养的要奔放。花朵大如拳，瓣儿分明。花蕊一支，细长，从花瓣儿中突袭出来，鹤立鸡群，似旗杆一根。若干花朵喜欢打群架，以多取胜。远望嘈嘈。朱槿则一朵即可。柔若无骨，红得耀眼，不艳不妖。最普通的那种红，却让周遭数平方米之内的空气为之振奋。

朱槿别称"大红花"。万千植物，大花亦多，红花更多，能独占这三个至俗之字而无杂音，恰证其至俗之不俗。

岭南诸花，可入中药者甚多。朱槿似乎无用。自然，好看就是有用。有人用思想改变世界，朱槿代表另一类，用容颜提醒世界。

站在街头，平视这一朵朱槿，心潮起伏。不远处，两伙野狗正对峙、呜咽。它们为即将到来的两败俱伤的战斗而兴奋而狂躁，我只为花朵的绽放悄悄激动。

朱缨花

来深第一年，孤身一人。

租住的房子旁边有一公园，每天早晨去跑步。道路两旁遍植朱缨花。一个一个的红绒球，扑面而来又擦身而过。亲历不冷的冬天，且触目皆花，我是欣慰的，但内心的仓皇淤积在那里，擦不掉抹不掉。

为什么来这里，什么时候回去？没谁可以回答我。

彼时尚不时兴用手机拍照，我随身带一卡片机，且走且拍。回翻照片，多数都是朱缨花，像一个个句号。没有答案，问题便结束了。

红色的，毛茸茸的，乒乓球大小。脑子里自然蹦出"红绒球"三个字。查阅资料，别称还真是"红绒球"。名字之得来，如人之名声，总有共识在那里。

清晨的公园里芬芳扑鼻，举目四望，始作俑者乃紫荆花。红绒球虽多，并无香味。家人未及南迁，它能在这万里之外给我好颜色，已是莫大安慰。

红绒球从一堆绿色里跳出来。和所有花儿一样，它是这个植物家族派出来的代表，与人类握手。人们很少关注叶子多大多小，或厚或薄，长什么样子。其实每一种叶子形状都不一样，它们绝大多数义无反顾选择绿色，给花朵做铺垫，也泯灭了自己。至今我想不起朱缨花的叶子如何如何，明明绿成一片，仿佛没有。

在一个接一个的花丛里，找一朵干干净净的朱缨花并不容易。一朵花上，常有若干绒毛先行枯萎，变黄，如脸上疮痕，导致整朵花，爱也不是，厌也不是。

我爱它们，枯萎了也爱。

它仿佛是我养的一条小狗，陪我度过第一个冬天，便是陪了我一辈子。

一年又一年。每每路边遇到，我都驻足。用花语询问它，还记得我吗？

白鹤芋

阳光生猛地射穿树叶搭成的屏障，不匀称地掉落于地面，斑斑驳驳。我在公园的路上走着，一只白色的手掌忽然伸出来拦住我的去路，接着是一排手掌。阳光在那里失效，无法让白更白。一只挨着一只，仿佛问我：哪里去？

除了沿别人的道路走下去，我还有另辟蹊径的权利吗？

但我喜欢这一问。如此，我才有理由停下来，随便和谁聊几句。

它叫白鹤芋。叶子与芭蕉、滴水观音等类似，大而绿。阔者，如大象的耳朵；小者，似猪耳朵。似乎，其中一片无缘无故变为白色，成了花。长相和叶子没差多少，直立向上，白得耀眼、扎眼。变异而来的这一朵，引领着整株植物，探身，让我注意到它。

后搞明白，它不是询问什么，是要向我诉说什么。白掌内，一根略粗的花蕊，好像古代上朝用的笏板，上面写着谈话要点。

这么多人，它只拦住我一个。这么多双耳朵，它只给我一个听。我看见水一样的悲伤悄悄飘来。敦敦实实的身体里，到底遮蔽了多少隐情，不清楚。

在那凝固的半个小时，我没张嘴。它也没张嘴。彼此耳朵里却灌满了词汇。两个内心忧郁的事物互相说了好多好多的话。整个森林公园都为此沉静。

然而还是要分开。

回头看，树荫洒下一团黑。花朵又像白色的火焰，熊熊燃烧，在暗色中明明灭灭。

蟛蜞菊

蟛蜞菊三个字比较生僻。我喜欢如此对人介绍：该植物别称"路边菊"，皮实，南方北方都可生存。长相么，绿汪汪的草上，长一个缩小版的向日葵。巨者，不大于一元硬币。

黄色的花瓣儿，常常被视而不见。好颜色太多了。黄色本身不吃亏，但太小就吃亏。

大片大片的蟛蜞菊，匍匐于地，填满了各种花朵和树木之间的空隙，扮演过渡带的角色。热烈的事物高潮已尽，灰飞烟灭之时，它们还在悄悄爬行，为下一个热烈做铺垫。

蟛蜞菊浑身都是药，治疗感冒发热等多种病症，可鲜吃可干吃。深圳最常见的植物数三种，其中一定有蟛蜞菊。只是人们喜欢仰头看花，很少有人低头凝视它。

五色梅

秋冬的深圳，温度平稳下来，万物祥和，路边的一丛丛五色梅兀自开得鲜艳。高者一两米，低者紧贴着地皮。花盘也就手指肚大，同一花序上，有深红、浅红、橙黄、浅黄等色。以五色梅笼统称之。美艳又不凸显，以免成众矢之的，恰如野心蓬勃者并不大声喊出来，但行动已步步为营。我蹲下身凝视它。想象那些心软的植物已经死光。我应该做个提醒：不要被这些顽强的生命迷惑了，任其泛滥。如果我们不推崇弱肉强食，就要限制它。从人到贼，只一步。

但我不知该把这些话说给谁听。

香彩雀

天上的鸟儿少有彩色的。已经长大的它们，知道黑灰白足矣。太艳丽，容易挨枪子，或者弹弓。人类的武器多着呢，突破底线的话，还可以拿大炮轰。其他天敌的招数也无穷无尽。实在爱美，可以躲到山里去，毛鲜羽艳，和周围的花花草草混在一起，以假乱真，保全性命。城里的鸟儿，飞不远，又爱美，就落在地上，成了香彩雀。

深南大道的隔离带中，站着一片香彩雀。茎一拇指粗，直立，约半米高，摸上去毛茸茸的，稍有黏性。叶片窄而长。六片花瓣围成一朵小花，中间凹进去，像一个微型山洞。一朵一朵绕枝而生，远望如花杆一根。旁边还有白色的，米粒儿大小的花苞，向着已开的紫色小花奔跑。

名为香彩雀,却无雀鸟之形。获此命名,它们被赋予了灵气,一枝一叶都显示随时可以生出翅膀,一飞冲天。

但它们现在是花,确定无疑的花,需要雨水,阳光和泥土。这样,它们才能保住身上的彩色,不被神剥下,拿走。爱美的植物,根须紧紧捏住土地,仿佛激流中抓住稻草的溺水者。

深夜时分,出租车停在路边休息,小区的灯一盏一盏熄灭。路灯变暗。它们集体脱离地面,悄然飞向天空,展开翅膀,慢悠悠地翱翔。好亲切啊。那是它们的出生之地,亲人都在那里。身上的彩色被黑夜遮住,这已不重要。亲人们,那些身披灰黑白的鸟儿,爱怜地在它们身边默默绕飞。

半夜走在路上的你,一抬头,看见满天的花和鸟。

栾树

一片掌声。

从庄边路上走过,我听到一阵黄色的掌声。

栾树顶着一脑袋黄花。远望,一行几棵树,黄成一条线。但花长什么样子,在树下仰头,脖子都疼了,还是看不清。

落到地上也看不清。得小心翼翼捏起来,凑到眼前:

直径约一厘米，五六瓣儿，平展开，中间一圈红色斑点，黄蕊似瓣儿长。

树下草坪上细密的一层，都会动，如不安分的小精灵，从这边跳到那边，从前边跳到后边。若是雨后，水流形成小溪，它们会随着一波一波地流动起来。溪水也是亮黄色。

这么大的树，开这么小的花。

这样想着，我就看到了那些更大的花朵。一个个锥形的小灯笼，拥挤成一大片浅粉色的云彩，挂在黄云旁边。一浓彩，一淡抹。黄色仰望、围绕着浅粉色。

我打量那落在地下的小灯笼，个头似新疆大枣：三棱形，纸一样薄的皮，手感较硬。打开，里面一颗豆粒儿般的绿色果实。它乘着这架小飞机，傲视地心引力，飘飘然着陆，摔不疼。

灯笼不是花，是守护果实的卫士。一丛一丛站在树上，比小花显眼得多。小黄花，真正的花，反成了点缀，仿佛在为这些小灯笼鼓掌。谁是花又有什么要紧。这些总是唱主角的小精灵啊，此刻甘心成为一群坐在路边的孩子，为那些伟大的事情鼓掌。落地生根，对栾树来说是多么伟大的事业。

有个歌手叫栾树。他若站在这片树下，或许也会停止歌唱，像花朵一样鼓起掌来吧？

黄槐决明

早几年，西乡大道和前进路交会、宝安客运中心一侧的拐角处，种着一大片黄槐决明。花季时，黄澄澄一片。时有蜜蜂嗡嗡嗡。可我是睁眼瞎啊，一天天盲目地路过，虽然也给它拍了照，存在电脑里，终究不认识。因为我懒得查，懒得问。

后来修地铁，都给砍掉了。

再后来，在深圳阳台山脚下与其重逢：一两米高的灌木，茎粗壮。叶子对对相生，手感光滑，形似芭蕉扇的扇面，一个指关节那么长。花朵黄色，不大，五瓣儿，向内收敛，围成一只黄色的碗。很多花朵簇拥在一起。我上下左右细细打量，看得它们都不好意思了。

读高中时，农村学生唯一出路就是上大学。彼此之间自然你死我活地竞争。除了起早贪黑学习，做课外题，还吃各种补药，均为中药片剂。记得流行过五味子、刺五加、决明子等。最后一个，或许就是我眼前这种植物的果实吧？信息不畅通，谣言四起，真真假假，口口相传，好朋友会偷偷交流哪种药品更有效。我也乘势吃了一些，具体什么疗效不了解，反正看别人吃，自己也吃。内心里视之为改变命运的灵丹妙药。好在没吃死过人。

看决明，想往事，有点亲切，有点心酸，又有点后怕。人到中年，常有此类吊诡事，一根倒刺拨起某一段本已积压成石的凄惶，尘土飞扬。迷迷茫茫中，童年少年青年中年老年连成一片黄澄澄的大幕。

补充一句：决明隐隐有一种不好闻的味道。

鸡蛋花

未见之花，很容易顾名思义，比如鸡蛋花，不是一个鸡蛋圆滚滚地挂在树枝上。任何一朵花都没那么蠢。绝对地说，花是世界上最不蠢的物种。什么最蠢，可扪心自问。据说因其同一花瓣，外白内黄，白抱着黄，像打散的鸡蛋，故得名。窃以为不形象。同类花，有红、粉二色者，红抱粉，又作何解释？吾不较真，喜其清香。

该树矮者齐肩，高者需仰头才见。可远观可亵玩（罪过罪过）。从小区门口的鸡蛋花树下，随手捡了两朵。洗干净，用矿泉水泡了喝，清香如玫瑰花，口感鲜甜。五月开花，花期近半年，七八月最盛。花瓣厚，五角状，落地而不散。叶片厚，油质，撕不动，却不遮花。枝条敦实，弯曲遒劲。整株鸡蛋花，三者各自彰显又长幼有序，怎一个"厚"字了得？

琴叶珊瑚

见琴叶珊瑚，脑子里立刻蹦出一个词：鸡蛋花的孩子。

同一时间开放。鸡蛋花五瓣儿，琴叶珊瑚也是。鸡蛋花厚实，它也是。鸡蛋花深红渐粉，它也是。鸡蛋花属灌木，它也是。鸡蛋花的枝干扭曲而硬，它也是。落在地上，鸡蛋花不散，它也是。

不同之处：鸡蛋花大，它小。鸡蛋花高，它矮。

看一看高处的鸡蛋花，再看看低处的琴叶珊瑚，仿佛妈妈领着女儿。风一来，女儿作势要跑，妈妈在后面追。风停了，它们都站住，依然互相看着。妈妈年轻，女儿乖巧，如果头上扎个小辫儿，就更好看了。

花朵是从枝头钻出来的吗？窃以为，有一些是胎生的。花朵们也有初恋，谈情说爱，蜜蜂替它们传递纸条。受孕后，肚子渐渐变大，以叶遮身，不注意还真看不出来。夜半时分，一朵小花从母体中脱颖而出。那一刻，整个天地为之静止。一首无声的歌曲回旋于虚空之上。

有风如车，将其运送到旁边的枝头上。微曦，露水渐渐在新生小花上聚集，淌下，仿佛给婴儿洗礼。小花干干净净。

琴叶珊瑚出世后再也不肯长大。有妈妈守候，为什么一定要长大呢？人类那里，母亲既盼着孩子长大，又担心其长大离自己而去。自私与期待相互纠结。鸡蛋花全无此种忧心。

女儿出世的一刻，即母亲出世之时。此后，母亲一辈子是不变的母亲。女儿是一辈子不变的女儿。模样不变，大小不变，由此生发的暖意与对视，也不变。

直到有一天，她们一起落在地上。空荡荡的枝头，依然摇曳着一大一小两个影子。树下的她们，如躺在枕头上的母女，悄悄搂在了一起。

悬铃花

悬铃花，通红的花朵，在路边的小灌木上挂着，一人多高，花瓣螺旋卷曲，像一个个吊钟。悬铃花的外形和扶桑花相似。扶桑的花瓣全部展开，非常艳丽，所以又叫大红花，悬铃花永远展不开，如同扶桑花的花骨朵，固化的扶桑花的童年。事实上，它与扶桑花一点关系也没有。扶桑花是为它打掩护的。神遣其来到人间，自有其独特用意。

这小小的悬铃花，每个晚上有一个落地，就有一个人被神带走。带走是好事还是坏事，没人清楚。再说，用"好"

和"坏"如此简单的二元思维来揣度神的意旨，未免荒唐。普通人听不到悬铃花的声音，如果所有人都听到当啷一声巨响，那一定要有大事发生了。

美人蕉

小区附近一条臭水沟，治理完再污染，污染完再治理，如此反复。忽一日，河中淤泥清走，注入净水，波光粼粼。岸边一丛丛美人蕉，仿佛一夜长出。细瞅，每株脚下有一个花盆。担心。工人或是先搭台再扎根，但有风怎么办，浪急怎么办？果然，几天后东倒西歪。

敢称美人者，肯定足够漂亮。美人蕉，大片的绿叶一层层，好像淑女的裙子。茎细长，似窈窕腰身。顶上一朵花，花瓣红色，边缘渐黄，软趴趴，懒散的萎靡状。整株斜向天空，令人心生弱不禁风之怜惜。颜色鲜艳，容易被包容。若长得难看，又一副赖皮样子，早被踢死了。

再一次，在一湖边见一株美人蕉，一米高，鹤立于草丛中。顶端花瓣儿随风飘摇，似发髻变幻出多种款式，又似少女揽镜自照。盯了半天，无端以为它会活过来。

伞树

此树真高。叶子长长的，一片片垂下，整整齐齐，恰似孩子的齐眉刘海。叶子围为一个圆圈，每一根树枝都呈伞状。很多根树枝，很多把伞。我摸过最低处的叶子，手感似塑料，光滑清亮。树顶突兀地蹿出一个巨大的鸭脚（暂用鸭脚喻之，一时很难想出更准确的词）。十多枝红色的枝条，丛生，四散向外，枝条上布满红色的小球。离人太远，实在看不清具体是什么。若站在树下一直等，几个月后，也许能得到确切的结果。但我等不及。直觉应该是果实。而我尚未见其开花，便将这视为它的花朵。

一棵植物上总该有花才对。我说它是花，它便是花。这些叶片的异数，堪当重任。

其正名为澳洲鸭脚木，据说澳洲是其发源地。倒也形象。我更愿意叫它的另一个名字：伞树。它扎根于这片土地，便是其中一分子，应该以和顺的方式与这块土地上的人打交道。用一个遥远的名字来隔离自己，不好。

或者简称为鸭脚木也可以。

整棵树上，叶子漂亮、整洁、抢眼，画龙点睛的仍是头顶那坨鸭脚。我可以看到一只无形的鸭子抬着这有形的鸭脚，在天空行走。树越高，它走得越扎实，越灵活。它让天空有了路。让我看到了天上的路。它从东走到西，从西走到东，人们目力所及，是凝固的一只只脚。那只鸭子，实际已走过了千山万水，疲惫不堪。

风吹得晃起来。

黄钟花

黄钟花一丛丛矗立于高速路中间的隔离带上，远望一片黄。正是决明盛开的季节，黄色花朵水一样流入这个城市的缝隙和沟壑。想当然地以为那就是决明。有一天，开车路过，近在咫尺，余光扫一下，马上明白以前错了。

黄分很多种，深黄、浅黄、牙黄、土黄……黄钟花与决明的黄几可互换。纷繁世界中，如此一致，可见其爱是真的。但叶子与花形暴露了彼此的不同。爱归爱，泯灭自己就是另一回事了。

第二天特意去看它。站在路边，将镜头拉至最近。镜头中的它们，毛发毕现，叶片长椭圆形，边缘有锯齿，叶脉明显。花朵吊钟状，长柄，花冠打开，类似喇叭花。一朵一朵肩并肩。

两边车流滚滚，一刻都停不下来。也不知哪来这么多的车。黄钟花如同激流中的礁石。我不敢靠近它们,即使暂时无车,等我走过去,远处的车亦要突然驰来。那是一片汪洋大海,激浪滔天,海水下面隐藏了一万个阴谋。每一个阴谋都稳准狠,随随便便置人于死地。

这么大一块地方,有必要准备这么多阴谋吗?想来,人的计谋太多太多,本是防备别人,防来防去,防了自己。

车辆带起的灰尘和油烟,一刻不停地围绕着黄钟花。它必须鼻子失灵,呼吸系统变异,以叶护脸,方能抵住这般侵害。受那么大罪,躲那么远,对一个只是把它当成临时爱人的人。何必呢?

我本可以在晚上车少的时候,提着手电来找它。可惜那时我已休息。没什么值得我打乱既有生活。路灯昏暗,全世界不允许任何探视。荡漾的大海下面,掩埋着无数枯萎的黄钟花。

木芙蓉

木芙蓉,高近丈,若按树木观照之,显得太弱了。树干细而直,青白色,枝蔓少。说是灌木似更准确。叶如手掌,指尖儿尖尖,呼扇呼扇。

粉色花朵，大如拳，绽开后像一个粉色的浅碗，花瓣十余片，手感又湿又软又薄，中心是淡黄色花蕊。高处的木芙蓉花，向上承接着阳光，阳光掉在里头叮当作响。低处的花大大方方对着路人。敢于和人这般对视的花朵，其实也不多。

未开之花，像一个一个倒置的小灯笼，蒜瓣大小。由此及彼，迸裂的力量，没有例外。

木芙蓉俗称"芙蓉花"，后者比前者名气更盛，乃成都的市花，成都因而得名"蓉城"。作为姹紫嫣红的构成元素之一，木芙蓉漂亮归漂亮，但也难以艳压群芳。谁压得了谁呢。而一有市花称号（其他如深圳的簕杜鹃，广州的木棉，上海的白玉兰等），立刻光环逼人，一览众山小。本来济济一堂，如今此消彼长。一暗弱，一虚胖。仿佛在赛事中得一大奖，身份和身价都不一样了，可以靠着这个奖项吃一辈子。自然，有了影响力，说话行事便会带风向。若因此突然谨慎起来，甚至待价而沽，别人也只好表示理解。

假连翘

一丛丛假连翘在路边。

极小的紫色花朵,镶着浅白的边,五瓣儿。喜群居,少则两三朵,多则五六朵,凑成一小堆,远看好像一朵似的。有一股浓香,仿佛古早味的蛋糕。

叶子革质,比花略大,中庸的绿,不深也不浅。一只身染蓝色斑点的黑蝴蝶,在花间扇着翅膀,使得花和叶看上去都在动。

枝条上有刺。不尖锐,仍然是刺。只好站在路边或者墙角。就像人有了刺,也要靠边。

五星花

雨后天空明朗。路边的五星花经过水洗,格外清澈。

谁开了一枪,炸裂出这么多的小花。一朵挨一朵,放射式伸向四周。粉红,花瓣儿长一两厘米,中白。叶片稍大,脉络清晰,托得住花。

五瓣,形似五星的花朵,不计其数,唯它得"五星花"之名,皆因看上去最像。什么像什么,是个很奇怪的说法。其他的花呈五星状的同时,可能还像点别的什么,削弱了其唯一性。五星花只像五星,具不可替代性,可为"最"。另,人说,此人像好人,彼人不像好人。哪儿像,哪儿不像,说不出一二，结论大家又都同意，想来冥冥之中都有既定的指向。

无边的虚空仿佛一面巨大的背景，万物走马灯般来来去去。从哪个角度看，五星花都像是钉在了墙上。一个小时前，有人拿锤子往上钉，砸得火星直冒，砰砰作响。五星花与背后的空气，关系就此固定。风来，其他花朵摇曳作态。五星花也动，但动与动又不同。它的尖锐，使其每一次动摇都留下深深印迹。

脚下的运动鞋里灌入了积水，我全然不顾。此刻我蹲下身，急迫地想查看一下五星花的往昔。

我看见，它们自身干干净净，周围布满粉色的划痕，粉色的疤痕。

再力花

钓鱼的人起身走了，鱼在他的网兜里使劲扑腾。水珠外溅。

天空真蓝，湖水真清。湖是一张嘴，水草绕湖而生，就成了一圈绿色大胡子，一年到头都不刮干净。

那些水草，在岸边，仿佛两栖动物，入水也可，登陆也可。

高高低低，起伏并不大。陡然，一根鱼竿站了出来。

钓鱼的人忘记收走了？好像不是。并非一根鱼竿，是一排，都弯着腰，探着身子伸向湖中。

看仔细了，那是再力花，又名水竹芋。细长的茎，真能以假乱真。

紫色的小花儿，突兀地挂在茎顶，可以想象为鱼饵。其实它更像一个变异粗大的麦穗。远望，不见花形，知道是花。近瞧，长相奇特，反而无法描述了。花瓣上一半有白色的霜，以手轻轻拭之，可将白色擦掉，再往他物上面一抹，他物即刻变白。有一点淡淡的香味，也可能是怪味，但我觉得应该是香味。

再力花天天看到渔人手里的鱼竿，总琢磨一件事：为什么要长成这个样子呢？想着想着，自己就长成那个样子了。

诗化一点，再力花又像纤细的少女，对着水面照镜子。探出身，是想离水面更近些。风来，波光粼粼。这很影响效果。她要把它擦干净，总也擦不干净。她就那么守株待兔，等待着水面彻底平静的一天。水面却从没停止晃动。风乃始作俑者。它不想再力花看到自己的一点点疤痕。它希望再力花相信自己的美。风才是最爱它的。

远处大朵大朵的白云，跟头把式向这边跑来。它们太喜欢围观了，想看看湖边站着的，到底是鱼竿还是少女。

射干

花似乎也分主流和非主流。颜色单一，花瓣宽大，叶片端端正正的花朵，凛然不可犯，最像主流。旁逸斜出，创新意识，时不时打破常规的，大概就是非主流。如此，射干应属典型的非主流。

它站在路边，叶细长，像芦苇的叶子。高约半米，茎顶小花。花朵六瓣，略薄，微微内敛，仿佛六个手指的掌心，伸开，等待着谁往里面放点东西。橙红色小花上散乱分布着褐色斑点。六指和斑点使其跳跃，疏离于所谓主流，也让我想起幼时两个同学。

一位男性，六指儿，健壮，打架从不吃亏，别人扇到对手脸上是五个指印，他是六个指印。谁提六指，他跟谁急。他长什么样子，学习成绩如何，住哪个村子，如今都不记得，唯一记住的是大拇指上的枝干。我从后面偷窥之，如读课外书，百看不厌。恨不得自己也有一个。另一是女同学，个不高，走路袅袅婷婷，脸上长了一些麻子，或是那个时代特有的医疗悲剧，亦不难看，甚至是俏丽。正应了那句话，"十个麻子九个俏"。彼时没有化妆品，小小的残缺，却起到了化妆作用。

和其他杂草一起守在路边，射干似乎在努力趋于完美，掌心努力伸平，斑点在阳光下奄奄一息。暗叹，这又何必。以为别人在打量自己，其实那人的眼光望着别处，满腹心事。完不完美，谁关心呢？微小的瑕疵猎猎点燃，便是人间七月天。

二列黑面神

叶子不绿就会引人注意。不绿的叶子并不多。二列黑面神是一个。

路边灌木，密密地覆盖整个地面。低矮，茎细，圆形或者椭圆形的小叶片。仿佛不知道哪位闲得难受，往上面泼了一桶白漆，斑斑驳驳。泼得并不匀实，有的叶子全绿，有的叶子全白，有的同一片叶子上有绿有白，像一个人脸上长了白癜风。它既和自己对比，又和周围的纯绿对比。每见，眼睛都会掉进叶子上。又因常见，一直以为它只长叶子不开花。某次，偶然蹲下来仔细看，见顶端有一朵小花，两瓣儿，浅粉色，对生。大小约等于叶子的三分之一或四分之一。另有小花藏于叶片腋下。它们的粉，都被白绿的嘈杂淹没了。

这个家伙太特殊，也许它真是个有想法的品种，正所谓相由心生。心里奔涌着冲动，总能多多少少体现于外表。此物外表呈现的不过是白绿掺杂，以植物共性，背后一定做了许多。只是具体指向不明。夜色正浓，我打开手机上的电筒，怎么也看不清底下藏了多少心机。连它们的叶子都看不透，自然不能看到更多。

继续成长的二列黑面神，也许是个烂尾工程，也许某一天突然一飞冲天，令我等大吃一惊。谁知道呢。

五彩苏

昨日上午，在路边见五彩苏。半人高。叶片两两对生，心形，稍有锯齿，正面背面均披细绒毛，叶脉粉红色，边缘绿色，中间大片棕红色，看上去五彩缤纷，故曰五色。叶间突兀竖一长穗状花束，上面缀满紫色小花，似招魂之物。泡菜系列中，有一种是苏子叶，有嚼劲，爽口。此苏与彼苏不同。但仍想，若做一盘菜，周边绕以五彩苏叶，会增加食欲。

晚上做一梦，爷爷正在喝酒，见我，问，我的菜呢？我说，哎呀，忘了。爷爷埋怨说，光记着你们自己的事，我的事记不住。醒来，天光微亮，窗帘轻晃，心里特别难受。

一个月前回乡,特意到坟上祭拜爷爷,好像真的没有带菜,只带了烟酒。

赶紧给父亲打电话告知此事。边说边忍不住流下泪来。爷爷已去世十多年,心里还是放不下。父亲说,我马上去炒两个菜,再去买个猪蹄,送到坟上去。人已入土,坟地就成了家庭的一个分部,是所有房间中的一个。亲人随时等着我们。

对父亲说,送后记得告诉我一声。

昨日见到的彩色苏叶倏忽闪到眼前,那么真切,久久不散。想着遥远的华北平原上,荒凉的坟地前面,父亲已经摆好菜盘,热气隐隐蒸腾。我把苏叶一片片摘下来,小心地摆在盘子边缘。它们呵护着菜蔬里的一点点热气,被风吹得微微翘起一角,仿佛是爷爷的筷子拨动的。

(注:写成此文时,父亲尚在人世。父亲已于2020年农历九月十三离世。)

洋金凤

凤凰树不远处,摇晃着丛丛灌木,名洋金凤,堪称普及版的凤凰木。茎硬,而且有刺,叶如羽毛,所谓羽状。

花有红、黄两色。红的多，黄的少。花朵由四大瓣四小瓣组成。大瓣者，下窄上宽。小瓣长条形，穿插其间。花蕊多，细长。单朵的花，个个都像飞翔的凤凰。仿佛对路人演示：那高高在上的，十米高处的密集花朵，都是我这个样子。

幼时有一女同学，名杨金凤，忘了长什么模样。在街头见盛开的洋金凤，不免联想。另有二三当年同学，三十年未见，也在深圳。加了微信，曾约有空见面。好几年过去了，也未见。

天地草木深

你听,声音从四面八方传来。这宇宙中的点滴回响,凝固为五颜六色的表情,不经意间与你巧遇。

龙吐珠

龙吐珠，攀缘类植物，依墙而生，沿篱笆盛开。花瓣白色，花冠红色，白的包围如嘴，红的圆小如珠，似白吐红，得名"龙吐珠"。这类植物，绿叶一定多过花，铺成底色，供花朵挥袖演出。绿色的龙，忽而跃上高楼，忽而蹲在墙角，以口中珠玉收拢各方目光，掩饰心中所想。

火炬花

第一眼，就觉得火炬花酷似某种物体。想起来了，盥洗室里常用的刷子。一条条细长条形的花蕾，组成一个圆柱形的毛刷，顶在长柄上。触碰一下，果真有塑料一样的手感。太阳当空照，炙热。几位本地老年妇女，裹着头巾，手持一个小铁铲，蹲在那里栽种花草。见我拍照，用蹩脚普通话说，很漂亮吧！很漂亮吧！

半红半黄，一株挨着一株。远处的白云正一团一团向这边跑来，一时半会儿还到不了跟前。我真担心走近了被火炬花点燃。云彩是易燃物。

火炬花极扎眼，却不宜栽种于正中间。那些绿围绕着它，不太服气，似乎吃亏了。而它看上去气场也不够大，不足以压住周围的一切。

它只能林立在整片绿地的边缘，既好看，又没地位，像衣冠楚楚的门童。

报春花（石斑木）

报春花另有其花，而石斑木也叫报春花。两种报春花，我只见过石斑木，所谓先入为主。

深圳的春天绝无春雷一声响一样的惊艳，它是从冬天滑过来的。冬天没多冷，春天也没多暖。哪天是冬天，哪天是春天，无界限，凭感觉。这时候，报春花说了算。

为这一时刻，报春花做足了准备。这丛灌木，叶片呈条状，不出奇，枝枝蔓蔓也不出奇。花朵长在每根枝条的顶端，未开放时，好像麦穗，扎里扎煞。盛开后是一簇小花，白色，每朵五瓣儿，一个纽扣大小，中间花蕊淡红。以如此打扮登台，典雅，大方，又不会喧宾夺主。任何人的描述均不如亲眼一见。我所见者，在深圳市宝安公园。

春天登场的仪式感，全凭这位主持者。其实报不报幕，该来的还是要来，不该来的也来不了。但有此一报，就显得庄重了。春天不再是流落在人群里的俗物。

绽放的那一个晚上，报春花说了好多话。肚子里没点词，还真不敢接下这一重任呢。它妙语连珠，娓娓道来，声音时而舒缓，时而高亢，旁征博引之际，万物只听到"春来了"三个字。

它无怨言。没谁比它更理解"简单复杂化"与"复杂简单化"这十个字。

春天带着成千上万的植物们绿了，红了，黄了，粉了。动物们也闻风而动，在天上飞，在地下挖洞，在树林边歇息。这一刻，它们等了大半年甚至一年。

报春花命短，匆匆几天即逝。序曲就是序曲，报信人就是报信人，敲一声锣，做好铺垫，转身走了。

我见过的报春花，大多沉默寡言，不愿再做人间俗事。与春天的简短关系，仿佛令其沐浴了神水，心灵也变得澄明。它处处以春天的标准来约束自己。

长春花

　　长春花蔓延过来。一株一株,较密集。据说高者可达六十厘米,吾未得见。小灌木,茎硬,水分充足。叶片厚实,油亮。五瓣儿(为何我见到的小花多为五瓣,五是它们的幸运数字吗),粉色小花朵,似仰头的小兽。伸手摸一摸,它撒娇地叫几声,让你目瞪口呆。

　　晨起,路过花地。裤脚蹭一下,露珠纷纷从花朵上跳将过来,鞋子瞬间湿一半。

　　令我驻足的是其名字:长春花。"长春"乃东北城市名。于此求学、谋生,总计十八载,生活方式乃至部分价值观,均与此水土有关。后南迁,那两个字却成身体中一部分。端详此花,与我想象中的长春城市定位尚有差距。但长春花应该是什么样子,自己并不清楚。唯一相互重叠者:东北农村家家必备的大花被面,用此花色者颇多,看上去够热闹。也可能是被面上的大花成精,遇土而活。

　　长春之命名,和"花城"广州相反。后者真有花,前者无春,起个好名字,寄托美好心愿。一年中,寒冬加上前戏和尾声,率半年时间。多年前,以蛮荒、肥沃之地,吸引各地流民,富甲一方。地区生产总值一度名列全国前十,颇类今日深圳。而今日深圳,以濡湿、烟瘴之地,覆长春之辙。

又想起，春秋时齐国大夫晏婴与齐公饮酒。齐公感叹，今日极开心，如没有死亡这回事，岂不爽歪歪。晏子对曰，若无死，古人更乐，与你何干。你的地盘，先是爽鸠氏占据，其后季氏，再有逢伯陵，再是蒲姑氏，现在终于轮到你。古若无死，爽鸠氏很开心，却非你所愿也。

天道轮回，总有开心，开心的那个人已经换了。长春花，又名四时春、日日新，因长成后可以花开四季而得名。如此坚持，也免不了某一天凋零。但，接着会有其他花种顶上来。城市的此消彼长，万物的兴衰更替，与此类似。"无常"才是日常。

大花芦莉

大花芦莉，虽属灌木，更像是草类。约两尺高，叶子椭圆状，叶面微卷，脉络清晰。花朵分五瓣儿，红色，平摊开，周正，大方。有一种"不过如此"的气势。由远及近，红花绿叶。茂密似头发。

大花芦莉的后边，有一面墙壁，上绘各式各样的佛像。有的手中托着净瓶。有的拄着手杖，仙衣飘飘。有的手持一把长剑，举舞至头顶，作砍人状。有的抬手挥拳，作对打状。或动或静，或嗔怒或平和，均为传道路径。一掠而过者不可不察。风中的花朵和墙上的画像交相映照，都变活了。仙人们按部就班，以道护花。大花芦莉们连成一片，像是拉着手的护卫，使得布道者的声音传得更远。

秋茄树

午后正是落潮时间。珠江口畔的海水呈浓重土黄色，看上去极呛人。很远很远的地方才是蓝色。海边滩涂上堆满石块，小螃蟹和海潮虫飞快地在石头缝间爬来爬去，仿佛寻找逝去的爱。阳光热烈，唯绿色的红树搭出大片阴凉。

它们站在海水中，高者十米，矮者亦四五米，方向不定的台风将其吹得歪歪斜斜。与台风正面硬怼者都输得很惨。如此样子，恰是躲避的姿态。风再来，就伤害不着它了。

红树是总称，又细分为若干种，因被砍伐后会氧化变红而得名。共同特点是临海而居，有防风固岸作用。虽不成材，但很坚硬。

秋茄树乃其中之一。树上长满小白花。每一朵花都似由五根白色小棍均匀排布而成，呈五角形，旋转起来即圆形。

盯住这些花，久之会产生幻觉。它们是一个个开关，以手触碰，一个先动，像电影中发出吱吱嘎嘎的声音。随之，万花齐动。树林摇晃，越摇越快。海风骤起，波浪如山，一波接着一波。怪声四起，天旋地转。一切天灾人祸尽由这小小的机关掌控。能够驾驭海水的它们，强大能力远非我们可以想象。

我伸出去的手，在空中画了一个圈，又缩回来。

秋茄树上成千上万朵小白花，让人眼花缭乱。

无瓣海桑

海边的石头上，印着一块一块斑驳的白点，铜钱大小，仿佛人脸上长出白癜风，又像无端落下来的鸟屎。那是贝壳。海螺死后，遗体和石头长在了一起。贝壳硬，石头也硬，天生抵触的两种物品，生生融为一体。离得太近，天长日久，生发了爱情。

红树林中的秋茄树和无瓣海桑，也成为伴侣树。秋茄树属红树科，无瓣海桑属海桑科，它们都站在海水里，在浓重的海腥味中手挽着手，头挨着头。对咸的抵抗形成它们共同的价值观。

无瓣海桑的叶子是卵形，一片新绿之色。上面挂满了羊粪球般的绿色果实。用力捏都捏不碎，手硌得生疼。

树脚下，利剑一样林立着呼吸根。不小心摔倒在上面，定被扎一身血眼儿。泥土中空气缺乏，露出地面的根可以帮助母体进行气体交换。

我发现了树上的小花。花期已过，仅剩几朵。那花，像浅白色的流苏，细毛柔弱。中间伸出一个白色花蕊，纤细，顶着一个钉子帽大小的盖。花萼绿色，三角状，大且硬，紧紧守护着花朵以及花谢后的果实。

坚信，它们并非谁派来帮人类抗击台风的。落在这里，坚韧地活着，艰难走过这一生，乃无奈之举。海水是所有植物的毒药，包括红树。它并不能从中汲取营养，也像平地上的树木一样，需要淡水和空气。为达目的，它要想尽一切办法，用尽一切技巧。

所以看到开花的无瓣海桑，内心充满了喜悦。身边有好几个人，每天坚持买彩票，想象着某一天幸运降临，可以住郊野别墅，经济自由，走遍全世界。那是幻梦吗？不，那是方向，是力量，是食物、水和氧气，是肥沃的土壤。无瓣海桑开花、结果，那么多的坚硬果实，绝大多数也是被海水泡烂，但终有一个会侥幸在海边的滩涂上扎根，梦想成真，代表被蚀的果实继续生活。花儿即它们每天买的彩票。

多少人面对着红树林歌颂生命的顽强。我却只想歌颂这可爱的梦想，可爱的小花朵。

厚藤

河流入海处，水汽带着咸腥味。淡水涌入咸水，咸水亦倒灌进淡水。

一排灵活的蛇悬于岸边，貌似入河饮水。细看，是藤带着绿叶和花，在风中飘荡。

其名厚藤，叶子椭圆，浅绿，较厚，火柴盒大小，顶端一个V字形缺口，略似马鞍，故又名马鞍藤。花朵呈漏斗状，像喇叭花，浅红色，手感薄而滑腻。太阳充足时，花朵卷曲内收，一副害羞状。

咸水是植物的毒药，再渴也不能玩命。厚藤之奋不顾身，让远处那个人忍不住大声吆喝起来：停住，傻瓜，停住。

厚藤们没听见。尽管叶子像耳朵，却满地的耳朵都听不见。它们前赴后继地涌向河边，挤挤插插，一个压到另一个身上。满世界写满"危险"两个字。

多年过去了，花朵们一个都没浸入水中，也没有花儿因此枯萎、死掉。曾为它们担心的那个人，早进了骨灰盒。他的儿子从这个地方走过，不再如其父那样发自肺腑的焦灼和关爱。他甚至看都没看一眼。

有一种鱼生活在温水和热水之间，但极少发生被烫死的恶性事故。人类端着滚烫的热茶，一杯又一杯，收放自如。火候就在他们的直觉中。厚藤何尝不是？

动物和植物们都站在临界点上，刀口噬血，钢丝上跳舞。涟漪轻泛的河水，如刀。一次次挥起、落下。落下，又挥起。厚藤的红色花朵随着起起伏伏，做游戏一样。

金苞花

这一个上午，我一直在金苞花附近转悠，围着它走了一圈儿。假装走远，悄悄回头，看金苞花是否盯着我。再走远，直到彼此看不见。然后，兜个大弯子，从背面绕过去，在一棵树后打量它，确认它没看到我。

金苞花，细弱的灌木，半人高，长在路边，也不知是野生还是人工种植。叶片上有明显的脉络，椭圆形，亮绿。顶端金黄的花片斜着层层叠叠，上细下粗，成宝塔状，总共一拃长。花片手感稍硬，若干细细的镰刀形状的白色花片从里面钻出来。据说白花才是真正的花朵，金黄苞片专为保护白花而生。植物中此种情况颇多，卫兵鲜艳亮丽，引人注目，人们误称为花。核心藏在最里面，指挥着外面或黄或绿，或白或粉。它的颜色没人知道。像这种露出来和金色苞片并列的，已算高调了。

我踯躅于此，忧心忡忡，怕那些苞片变成金子。它们看上去灵动、聪颖，有可能干出这事。如果苞片忽然变硬，再也软不下来，用牙咬一咬，上面出现惊喜的牙痕，那就彻底坏了。我才不想去抢什么第一桶金呢。金子是一种矿物质，本无善恶，有人能为金子打得头破血流，自然也会为珠宝、名利等替代品打得头破血流。那是他们的命，活该。我是担心金苞花因此改变了命数。

它是花朵，成千上万种花朵之一，不要变成其他的任何事物。它太像金子了，应该和金子有自己的联系管道。

这一个上午，偶尔几只蝴蝶触碰它。高处的叶子掉在金苞花上，砸得它动了一下。除此之外，它不动声色，稳稳当当，仿佛思想者，专心在想自己的事儿。也许它根本没注意我，是我自作多情了。

我这个神经过敏的人啊。告别前，在金苞花旁边用树枝写了三个字：不要变。

金苞花肯定认字。

鼠尾草

鼠尾草忽远忽近，仿佛我的眼睛上装了一个可以伸缩的镜头，一会儿伸出去，一会儿缩回来。恍惚之间，鼠尾草倏地变大，倏地变小。

鼠尾草站在门口的花坛中，茎直立，高至膝盖，四棱，有细微的毛。叶片长椭圆形，稍尖，边缘有较大的锯齿。小花蓝紫色，自下而上两两排列上去。一株鼠尾草是一串蓝。远远望去是一片蓝。

天气炎热，在鼠尾草跟前站了一会儿，我就满头大汗。鼠尾草的叶片上无水，它的汗也许倒流进体内了吧？它的身体里藏着一个动物，把它的汗水当茶水喝掉。

好多植物的名字中有一个动物，马、牛、鸡、虎、虫等。不是平白无故起的。如果没有人类限制，很多生物可能会无限长大，如这种鼠尾草，或许二十八层楼那么高。仰头看到篮球般大的花瓣一串串排上去，是不是既悦目又惊悚？人类目前已把能够无限放大的动物植物全干掉了，剩下的都老老实实待着。但它们的灵魂没有飞走，而是藏在这些植物的身体里，先做下一个记号，隐忍度日。某一天，时机来临，突然变大，鼠尾草里窜出大象一样的老鼠来。

这样想着，鼠尾草一晃，我的身体不由自主向后躲了一下。

桂花

桂花开放，应在中秋前后。古人多诗词吟咏。饮酒，品茶，赏花，出诗答对，其中的小资情境，浓得化不开。

桂花品种繁多，我所见的桂花，初春三月，在深圳的公园里，与隔离带中各种灌木搅和在一起，如同小孩子剪了的刘海，整整齐齐。枝条稍微支棱一点，园丁就拎着电锯跑来，嗡嗡嗡嗡，剃平。被切得零零碎碎的叶子散发出极烈的植物气息。含苞的花，米粒一般。绽放的也没多大，四瓣儿，均匀分布，米黄色，花蕊紫红，手感硬，鼻子凑过去，一股浓香。

在南京买过桂花糕，也吃过桂花味的月饼，那种香是桂花的香吗？吾不知。自带仙气的桂花，在我这里竟要靠味觉来确认。和嘴发生关系，如同亲吻过的人，感情毕竟不一样。只是，此种俗气联系我不肯屈就。围着齐腰高的桂花转了一圈又一圈。

我看到了智慧。它拥有智慧而非技能。智慧无法在体貌上体现，也无必要。其外在的平庸恰似隐居。人类所处的宇宙本一闭环，日日年年，岁月轮回，万物在一条既定的线上转圈，看似色彩缤纷，生机勃勃，实则皆被枯燥地安排好。桂花的下蹲，流星一样挑出一道粗线。它的隐忍与平和，是自信，亦是对整个闭环的藐视。

万一将来某一天，天崩地裂，就在这普普通通的公园里，连接天上地下的桂花，枝条摇一摇，所有的植物都跟着它起义。呼风唤雨，撒豆成兵。

巴西鸢尾

不说巴西不巴西的，只说"鸢尾"。两字即诗，解释为"老鹰的尾巴"便是兑水。其态，与鹰尾并不太像。花分独立的三瓣儿，紫色偏蓝，蓝色偏紫。上有白色斑纹，下衬三片白花。正面看，像一个笑脸。侧面看，像青蛙头部。一朵一朵分布在草丛里，仿佛谁打了个水漂，溅起一个个蓝紫色水花，凝固于此。如果你爱它，它便选择半夜融化，免得你看见，伤心。

紫娇花

紫娇花可用"精致"二字概括。茎细长，约半米高，头顶伞状紫色小花。盛开者，明朗、娇艳；含苞者，丰满、羞怯。风吹过，绿油油似麦田，轻轻晃动。小花们如同踩在高跷上的杂技演员，又俏皮，又稳当。

远处海滩上零零星星几个行人，走到跟前来，他们一定会停下拍照。这是附近唯一的风景。

凑近闻，无花香，倒有韭菜味。再闻，浓烈的韭菜味。掐一小截放在嘴里嚼，确定是韭菜，稍硬而已。查，此花又名洋韭菜，原产于南非，可以和中国韭菜一样食用，炒、凉拌、做汤等。唯一不同者，中国韭菜开花为白色，紫娇花为紫色。

中国韭菜开花后，可腌制成咸菜，火锅涮羊肉必备。不知紫娇花可否？

一农民的儿子成为画家，在一线城市名声很大。一邻居不屑地说，哦，他呀，隔壁三胖子，小时候鼻涕抹得衣袖锃亮。

韭菜之美味，能否掩饰紫娇花之美艳？若一粗人站在旁边说"这不就是用来包饺子的韭菜吗"，可如何是好？

饺子并不低俗，紫娇花也不一定高雅。它们之间的关系是：转念一想，即为深渊。

红纸扇

作为花朵，红纸扇有点怪异。椭圆形，与绿叶一模一样。婴儿手掌般大小。红得彻底。两片叶子挨着，如果像素不是太高，拍出来就是一团红，无法分清层次。细瞅，上面还有一朵极小的小花，状类五角星，浅黄色。这才是真正的花朵。大红的叶片实为保护花朵的花萼。若走马观花，一般都会认为红叶即花朵。

喧宾夺主，夺了也就夺了。

那红叶颇似纸扇，故名。手感如绵纸，稍显毛茸茸，不带一点潮湿气。上面的纹理，有点像二十世纪八十年代流行的一种叫作"条绒"的布料。

整株的红纸扇，连枝带叶半人高，修剪成缸状，一坨坨站在公园里。花朵红艳艳，一片片耷拉下来，透着慵懒。

以貌取人，以貌取物，虽偏执而人常用之。人说，这个人不像好人，那个人不像坏人，等等。而红纸扇，似乎就像是用来观赏的。仅此一径。其他的任何用途，对它而言都是多余。

别以为能被人长久端详是个简单的事、幸福的事,也需要下功夫。魏晋士子卫玠,风神秀异,一时无两。京都人闻其姿容,观者如堵。卫玠劳疾遂甚,永嘉六年(312年)卒,年仅二十七岁,时人谓卫玠被人"看杀"。

想想,这普普通通的红纸扇,顶了多大压力!

赪桐

天快亮了,天快亮了。夜太长。一个人站在路上,撑住这无边的黑,想把它掀翻过去,露出背面的白。但它不是一只兽,没有正反面。它是混沌的一团雾,刀剑只能刺破一个小口子,很快就愈合在一起。黑,喘着沉重的粗气。找不到发声的源头。宇宙间充斥着这若有若无的呼吸。

这样的夜晚,一生中只有一天便相当于一生如此。这一天会从头至尾覆盖你。你将从此见不到光亮。你的朋友们都在远方,他们有的躺在床上睡觉,有的背对着你,那么远,依然让你感到阴森。他们有的在树下写诗,有的在旷野唱歌,有的种庄稼,有的坐在板凳上乘凉。

天快亮了。你遇到一片赪桐。密密麻麻的叶子,大如人脸小如手掌,心形,叶脉清晰。茎长而直,高约两米,仰头才能看到。最顶上有赤红的花。曰花，却无瓣。一颗颗红豆大小的"灯笼"，由身量匹配的"灯笼杆"挑着，"灯笼"里还伸出细长的花蕊。几十颗红豆组成一朵花。

你念叨着，天快亮了。其实什么时候亮，你心里没底。但你手上有了伙伴。摘下一簇赪桐，拎着它在夜里行走。白天鲜艳的它，可以当作灯笼使用。尽管它不圆滚滚，不烫手，也没有闪烁的光。但它的红，如血如残阳，艳得你心里一颤一颤的。

它适合站在高处，让高更高，让黑变软。

你拎着它，如同拎着自己的脚。双腿凌空蹈虚，像所有想留下印记的人一样，最后什么都没留下。灯光会随你一起消失。在遥远的很久以后，几百几千甚至上万年，任何人都看不到光。但他们从泥土里挖出一个琥珀，树脂中包裹着一个空虚的"红豆"，那是赪桐的一部分，你曾经将自己的哀伤与惊喜摩挲其上。

马利筋

平坦开阔的地上，众花齐开，夹杂着一株株马利筋。其茎高约一米，形似灌木，但灌木外表为木色，它是绿色，本质上还是草类。细叶，两两对生。花朵在顶端，一堆小花组成一簇花。每一朵花约手指盖大小，分两部分。下面一部分是五瓣儿，分开，平摊；上面一部分也是五瓣儿，豆粒儿大小，貌似花蕊。马利筋一般为红黄两色，极艳丽。我所见为纯黄色。也许是黄冠马利筋。

此花剧毒。掰断枝叶，流出白色乳汁，触之过敏，食之丧命。乃人类大敌。园中遍植，不过是取其颜色。

但你看它身边，一只只蝴蝶欢快地扇动翅膀，带起轻轻的风。蝶于此产卵，卵以叶为食。蝶卵与人不同，不受伤，还能免受天敌侵犯，健康生长。隔壁那片叶子上，趴着一只苍蝇，白亮的小翅反着光。看它享受的样子，便知此处为其必要的生存空间。在旁边，还有一只豆粒大小的甲虫。许是幼小，费力地爬来爬去。这到底是什么花啊，这么多的小生灵，各不相扰，在这微小的世界里，跃动着生命的活力。相较之下，其他植物简直黯然失色。

谁还好意思说它有毒呢？想来，人每天都生活在各种毒药中。他们要喝热水，太热就容易烫秃噜皮。水若足够多，还能烫死人。只要超量，万物皆毒药。人类必须小心翼翼踩着钢丝走路。极少一点点马利筋，具有强心作用，再多，后果严重。彼之砒霜，吾之蜜糖，蝴蝶们看着战战兢兢的人，简直要发出笑声了。

水石榕

我家附近一公园，公园内一小水池，水池旁一棵水石榕。

水石榕属常绿乔木。叶厚，深绿，不大不小。花似流苏，白色，从树上垂下来，一个接一个，距离不远也不近。

仔细看，流苏的细毛在轻轻地抖动。

六月初，连绵阴雨。雨打树叶沙沙响。急雨时，雨珠大，树叶被砸得频频低头。天空中似有人问，服不服，服不服？树叶弹回十分之一的幅度，说，不服。

毛毛雨时，也有微小的响声。需停下脚步，侧耳细听。耳鼓中不要掺入杂音，只有雨和树。声音由小渐大，如滚雪球，直至轰鸣。其实能量没变，变的是耳中累积的容量。没有左耳朵听右耳朵冒这回事。声音一点儿没丢，都堆积在那里了。

雨缓时，鸟鸣声起。看不见鸟，却闻啾啾喳喳。真切，仿佛就在我的头顶。它们是画家，在阴晦的天上描出明朗的线条。大写意，惊心动魄；小工笔，一丝不苟。再一阵雨来，将其全部抹去。不过没关系，雨总有歇的时候。

池塘的青蛙也跟着叫起来。"呱""呱"，单纯、执着。庆幸这叫声不委婉。随便委婉一下，又得无数文人墨客做各种解读。就这么单调的一个字眼,一个腔调,你琢磨去吧。

我站在树下,听"呱""呱",听了十分钟。如醉如痴。它不停,我就不走。

抬头看见水石榕的花,如白色的铃铛,摇摇晃晃,叮叮当当,加入了大合奏。

更也许,正因它的敲响,启发了这众多的声音。

醉蝶花

一个残忍的比喻:把十只蝴蝶的翅膀揪下来,重新粘在约半米高的绿色枝干上,形成一个蓬松的花球。二十个翅膀,各携带一根细长的花蕊,仍呈飞翔的姿势。此即醉蝶花。单看每一瘦削的花朵,凌乱中有序;远看一大片,万蝶飞舞。或白色,或粉色,或紫色,分区划片,成群结队。

蝴蝶飞入浑不见。

枝干上,长满细毛一样的软刺。两根手指头轻轻捏一下,极不舒服的痒。说不清道不明的痒。

夏日骄阳似火燎,汗满额头。我蹲下身,凑近了去闻那花儿。怪怪的味道,在现实中寻不到准确的对应项。若牵强给个答案,大概是稀释了的花大姐味道。

或者是尸臭。

对不起，我要取消开头那个比喻。

三色堇

三色堇，花朵大小如火柴盒，手感润滑。五个花瓣平摊开，各自掩着一点。花瓣大小不一，下面一瓣最大，中间两瓣最小，最上面两瓣中等。叶片长圆形，有明显脉络。整株高不过一拃，很柔弱，有点像蔬菜。

名为"三色"，是有原因的，一朵花上通常黄、白、紫共存，对比明显，远望像一张猫脸。而我见到的这株，通身紫色（介于蓝紫之间，说是蓝似乎也可以），花心一点点黄，白则若隐若现，似有似无，随时可抽身回去。紫得循循善诱，小心地说服它们。这是一排还没发育完全的三色堇，如一只只幼猫趴在天空下。

在层次分明的植物群落中，最上面的鹅掌藤和檵木，高而密集又坚硬，拔剑四顾的样子；次之的凤仙花，因水土充沛，个个开放得呼哧带喘。最下面一排三色堇，根扎得不深，周围没有什么可以把持。它们若不识相地把手伸向鹅掌藤，定会被狠狠推开。三色堇的叶片里生发出忧伤，只在自己周身蔓延，不敢扩散。鹅掌藤和檵木早将大片的空气染得燥热，狗撒尿一样占住了地盘。三色堇明了当下的处境，小心翼翼，垂首低目。尽管身量已成，而魂魄未及。它们还都是孩子。

天生它们，又狠心将其扔在这里。其他植物看不到它们的未来，也不关心。三色堇怎么样，跟我有何关系。我自己还有那么多事没做呢。我狂欢于和风细雨，在一个个露水打湿的夜晚，甜蜜地幽会。

三色堇在积蓄力量。筋脉中有劲风吹。背负着这样的名字，自然知道朝哪个方向走。它在慢慢进化成神。那张生动的猫脸，在悄悄形成。只要眼睛能眨动了，如画龙点睛一样，心念瞬间就破土而出，身体中的力量也随之膨胀。那是不可估量的力量。

它们依然不具攻击性，却增添了多种可能性。有一天，即使飞升，也不意外。为什么要跟你们玩呢，我是个神啊。三色堇依然忧伤，那是它们的核，而鹅掌藤却不知所措起来。

鹅肠草

萼距花是园丁们刻意种下的，在路边一望无际，密密麻麻，高及脚踝。油亮的绿叶间洒着一朵朵紫红色小花。一阵风来，吹不动它们，萼距花天生腰杆硬。细查，几株鹅肠草散布其间。鹅肠草与萼距花差不多高，叶片长圆形，钉子帽大小的白花，十来瓣，呈放射状。整体上来说它就是一株野菜，细细的茎，软弱，要不是赖在那些萼距花身上，自己都站不直。下一阵稍大点儿的雨，它便顺势靠过去，和萼距花叶子贴着叶子，嘴对着嘴。萼距花扭扭脖子，并不会刻意推开它。

这一株鹅肠草和另外几株鹅肠草离得都很远，互相也帮不上什么忙。似乎也无意形成一个帮派和一个种族。

野生的鹅肠草夹在养尊处优的萼距花中间，蹭它们的水喝，蹭它们的肥料和阴凉，如同一群鸭子之中掺进了几只鹅。数量庞大的鸭子，并不会拧成一股绳，同仇敌忾，成群结队地把大鹅撵走甚至置其于死地。它们乃万物中极平庸的一群，包容、接纳各种同自己一样的平庸之辈。包容并非其坚定的理念。它们几乎没有任何价值观，一切都回归于吃喝拉撒。大太阳下面，起伏不平的坡地上，鹅肠草和萼距花没心没肺，浑浑噩噩，荤素不忌地活着。

所谓觉醒，就是变坏。凡准备来教育萼距花奋起反抗的，鼓动鹅肠草争取更多利益的，都是坏人。希望这块土地上的两种植物懂得这个道理。

倒提壶

蓝汪汪,蓝汪汪。倒提壶花开蓝汪汪。其茎高一尺,绿色,有细微的绒毛。叶子长条状,顶端略尖。花朵五瓣儿,摁钉大小,没有香味,稀疏得当地散布于上上下下。它长在路边,停在生与死的边缘。一脚就迈过去,一脚就退回来。更多时候根本退不回来。

墨西哥人有亡灵节。在他们看来,人的死亡分两种,一种是肉体的死去,这并非真正的死亡。无人祭奠、被人遗忘才是最终的死亡。这就需要死去的人,不断提醒活着的人:别忘了我,别忘了我。

因为与花店里的"勿忘我"长相相似,倒提壶被称为中国"勿忘我"。普天之下,都在轻呼"勿忘我",赖以寄托的事物不同而已。

倒提壶的花落在地上,还是整朵的花,五瓣儿不散。你拉着我,我拉着你,在很小的一抔积水里漂着。跟在枝上一样,干干净净,虽死犹生。所谓枯萎,只是花瓣瘦了。这样,它们就与灰烬不同。以完整的状貌将它的朋友们拉回到过去的时光,仿佛还在彼此身边。逝者无法逼着活着的人不忘记自己,自身必然有一些无法忘记的着力点。在倒提壶这里,对状貌的坚持,即为它的价值观。

一只蝴蝶落在旁边，轻轻扇动翅膀。它在倒提壶的落花中看到了自己的童年和成长的爱情。它哭了，振翅向苍茫的高空飞去。

炮仗花

粗细长短类似小拇指，一个挨着一个，橙黄色，累累成串，如鞭炮挂于墙头。仰头拍照，还真担心万一炸响。傍晚尤其好看。夕阳照黄花，黄配黄，意味长。爬满一面墙者，仿佛墙内人家大办红事。花朵若有情绪，炮仗花定是欢喜之花。

不知为何，在最初的记忆里，炮仗花初夏才绽放。这种错误记忆一定有所源，却追溯不到源头。某年春节前后的深圳，在公园凉棚见之，垂低，扫过行人肩头，冬日暖阳中闪烁光芒。错误记忆令我断其为塑料假花。想，本一花园城市，还要摆设假花，形式主义无处不在。屡屡见到，以手触之，柔软有生气，方觉所信者目也，而目犹不可信；所恃者天也，而天犹有偏离。

在微信晒炮仗花，有疑为凌霄花者。后者开放时花朵要大得多，名雅态雅。炮仗花直通通呈呆萌状，让人莫名心喜。

大年初一，踏入草坪凑近墙头炮仗花。脚下发粘，满鞋底狗屎。蹬搓半天。草坪深处已被不文明遛狗者占领。

炮仗花如能点燃该多好。炸他们。

禾雀花

禾雀花叽叽喳喳。藤架上，一串串。豆青色，浅紫色。不大也不小。一朵花两个花瓣翘着，仿佛翅膀。一串花就是一窝雀儿展翅。

一种植物要从其他植物中跳出来，还得看长相。花朵以柔媚、鲜艳、超大，或超小取胜。禾雀花另辟蹊径，长得像动物。一些动物，如变色龙、蝴蝶等，长成植物的样子，躲避天敌，伺机攻击他者。禾雀花反其道而行之，所谓何来？

别问我它到底像哪一种鸟雀。它们代表了所有鸟类。我已经看清，它们有理想，商量好了一起飞向天空。

簕杜鹃

在微信上晒簕杜鹃照片。一广州朋友说，好漂亮的九重葛。以为自己犯挂羊头卖狗肉之错。查询，发现还有其他名字：叶子花、三角梅等，均指一物。各地水土不同，或致形态有微小差异。名字所指，并非这差异，而是对世界认知之方向。

深圳市花，粉红色（也有蓝色、红色），木本藤类。身手矫健，攀爬敏捷。每年春秋两季，城市街路触目皆是。初见者，高高的树上结粉花，以为是树木自身绚烂，其实借力打力，簕杜鹃踩在别人肩膀上跳舞。树木只提供绿。

盛开时，花瓣如纸片般单薄，小有棱角，其实是绿叶直接变粉。干枯时基本没什么变化，落在地上，还是粉红的纸片。风一吹四处飘散，将深圳铺陈为粉红色的城市。粉色只自我烂漫，不具攻击性。恰如城市之本色。

簕杜鹃一出现就是一团、一排，一望无际，呈汹涌之势。路边、河边一条粉红的飘带。

不经意抬头，常见阳台上、楼房的顶端悠然淌下浓烈的粉红。罗湖区一小巷内，整整八层楼都挂满簕杜鹃，居然是一棵花藤繁衍而成。仰望时需眯起眼睛。

我喜欢仰望各种花朵。脖子朝天，视野向上，大脑短暂缺氧，一个姿势保持三分钟以上。这样才能表达对花朵的挚爱。

碧冬茄

牵牛花呈喇叭状，红、粉、紫、蓝，各色均有；碧冬茄（又名矮牵牛）也是，甚至有黑色。

前者挂在墙上的，如壁画。后者长在地上，一片片，似五彩毡毯。

同样在地上，开花植物亦有所不同。衡量标准，即周围的土。坚硬、干枯、泥泞，带一股沧桑感的土，紧紧抱住根茎。植物如扎进石头一般，二者成为一体。尽管是人工种植，被人为设计，但天长日久，已融入周围的环境。风雨中凄惨呼号，晨曦中长伸懒腰，无所依托，无所遁逃，逐渐由构图的风景转为荒漠的野生动物，萌萌哒少年长成粗糙壮汉。

另一种花，如我见到的所有的碧冬茄，在花盆中，花池子里，花坛上。即使委身公园一角，也是在土埂上，一条一条的长垄，便于浇水。它好像没有根，和土的关系若即若离，永不会紧紧相握、粘连。倒像随时准备拔脚走人。它需要的阳光和雨水，不是来自天上，而是完全来自人类。管理员用严格流程约束自己和碧冬茄的关系。

碧冬茄由此更超脱，也因为容颜俊美被封为"花坛皇后"。我看着它，既无同情，也无怜惜，更无怪罪和鄙视。

加于其身的任何情绪，都非我本意。

黄蝉

灌木丛中冒出一朵朵黄花，乍看与喇叭花相似，花瓣儿更敞开一些。连日的雨水洗过，花朵干净，湿润，轻柔，端详一会儿，深觉名实相符。

不过黄色而已。同样一种颜色，有的红得鲜艳，有的红得土鳖，有的粉得娇气，有的粉得牙碜。黄蝉则美艳、明快、顺从。没有一点香味儿，也无其他怪味儿。如同穿了紧身衣裤的少女，不给他者可乘之机。

见脸识人，见花识株。与黄蝉对视良久，收获了平静与温婉，待转身，一眼瞥见深处，密密麻麻的貌似干枯的灌木丛。这是黄蝉的下半身。杂乱、尖锐、扭曲，互相纠缠着，人若不小心摔进去，定会扎一身小洞，鲜血淋漓。就是伸手去摘取黄蝉，也得百倍小心。

这样的花，整体似应顺溜一些，柔配柔，合情合理。但也不是没先例。譬如玫瑰，戏文中唱道："玫瑰有刺扎得慌。"

我想到的是另一种情形，有一风姿绰约的女子，精梳妆，巧打扮，看上去干净利落，高跟鞋咔咔响。有朋友去她的租住地，回来描述，屋子里像猪圈，根本下不去脚。

怎么说呢？她开心就好吧。

我从高处俯视，低楼层的阳台上，一丛丛黄蝉也正往更低处俯视。我看见的，忍不住会说出来。它什么都不说。自顾自地开心。那样子，是真开心。

水鬼蕉

人对神和鬼是有成见的：神在天上，鬼在地下。神属善，鬼属厉。神在明处，比如我，和花朵对视的时间越长，神的身形就越清晰。鬼在暗处，见不得光。我只有在水鬼蕉那里，隐隐看到鬼的影踪。

波光粼粼。泥泞的岸边，大片蕉叶上，一朵朵白色的花瓣，细长，凌乱伸展，向空扑跌，仿佛是古代受屈的女子甩出的白色水袖。定格。风来时才稍微动一下。上千年了，冤还未平，水袖收不回去。

第一次见它，似有明灭的哭泣。第二次见它，哭化为歌，委婉宁静，弥漫于太虚。第三次再来，我看见了舞蹈。水鬼的舞蹈。湖水灿白，鬼和神，原为一人。

天地大明亮。

蝎尾蕉

蕉叶上的花,多尖锐。蕉叶大而阔,花朵自寻险境。蝎尾蕉是其中之一。

土黄色,下窄上尖的几瓣儿,上下左右参差不齐。有人说是像蝎子的尾巴,故名。我看它,像一个"之"字,之乎者也的"之"。假以时日,它们应该能写出更多的字。让它们多活一段时间吧。

狗牙花

旅途中,见灌木上长几朵白花,以"识花君"小程序搜索一下,名为"狗牙花"。嘴里念叨着,已经走远。旁边安海茵女士听到这三个字,问,狗牙花长什么样?手机中未保存,几人回去找,漫山遍野的花,在微寒的风中摇摆,竟无处寻。一路上,海茵女士提醒,前面再遇到狗牙花给她看看。结果是没有。但名字我们都记住了。

这次拍到的狗牙花,在深圳的暗夜中,墙根下。素雅,白净,沉默。五瓣,如风车,有淡淡的香。起这么个俗名,或因易存活,如农村狗蛋。形状上看,边缘皱皱巴巴,理解为犬牙交错也不为过。和它经常搞混的另一种花,名为"栀子花"。一念之差,一为阳春白雪,一为下里巴人,与人生何异?

炮仗竹

别被炮仗竹的"竹"字迷惑,其实它更像草。花坛上垂下一丛丛细长的茎,半米至一米,长短不等。上结小红花,亦细长。幼时,村中小卖店把整挂鞭炮拆开卖。最小的一种,一分钱三个,红色,比火柴棍略粗,偶在手中爆炸,吓一跳而已,不会造成重大伤害。小红花极像那种小鞭炮。一根草茎上一朵花,排列在一起,恰如一挂鞭炮。

天下万物,一物之相貌,与另一物相似,不会毫无来由。定是冥冥之中有谁做了暗示,万物遵从。

还是幼时,邻居家一只狗喜学驴叫。早晨的驴子先闷哼做情绪酝酿,再抬起头,仰天长叹,啊,额哼,额哼,啊。狗也仰天长叹,啊,额哼,额哼,啊。总学不像,态度却认真。主人深恶痛绝,每每听到,气得拿砖头砸它。

殊不知,动物和动物,植物和植物,动植物以及山海星空之间,互有所感,进而如影随形,声情并茂,并不意外。只是将这样一种小巧的花描述为炮仗,虽形象,观者也连说"像""很像",却缺了必要的诗意。且,炮仗与这种植物谁先谁后,不得而知。炮仗竹也许更像另一种事物,而那种事物我们完全没见过。

千日红

汽车一掠而过。隔离带中的千日红,印在我脑子里,随着车轮继续往前走。

那么一大片千日红,可以盛下多少个灵魂啊!

相较其他花草,千日红体形更像人。筷子般粗细的茎,高可及膝,头顶一花朵,圆球状,鹌鹑蛋一般大小,手感有点硬,紫色居多,红色亦常见。看上去颇类儿童画中的"小人儿"。简单一个头颅,身子纤细,叶如四肢,风一吹,头动手动脚也动。隔离带中那一片,就像成千上万的"小人国"中人,整齐排列在一起,是在集体等待什么,还是在开大会呢?

千日红的花,干后不凋,经久不变,故名。

传说中,神人李玄本为翩翩少年,一日灵魂出窍,叮嘱徒弟看好自己的尸首,七天后返回。最后一天,徒弟有急事离开，尸体遭火化。李玄的魂灵四处游荡，见一乞丐横尸路边，只好投身而入，聊以寄托。此为后来人们见到的铁拐李形象。

千日红比铁拐李可好看多了。不肯凋零的它们，应该是在等待孤魂野鬼。

我也要留个遗嘱，让亲人在客厅里种一株千日红，等我。

鸳鸯茉莉

一面绿叶的墙，颜色不深。每一个叶片都厚实，革质，挤挤插插，像满墙的耳朵，我和朋友走过时，赶紧闭嘴，免得被它偷听。园丁将其修剪得整整齐齐，隔开另一个世界。墙那面是什么东西，不得而知。

绿墙上有小花两种，一白，一蓝紫，长得一模一样。火柴盒大小，五瓣儿，围成一个圆形，每一瓣都皱皱巴巴的。依花寻根，竟然在同一源头，亦即，此为一种花。其味浓烈，或曰香，或曰臭，均可。香极即臭，臭极即香。

花名鸳鸯茉莉。相较之下，水中鸳鸯行动迟缓，稍显蠢笨，而绿叶中的花朵，轻盈洒脱，花瓣挽着花瓣，抖抖索索，翩翩起舞的样子，更显恩爱。

后得知，此花并非生而一色。初绽为蓝紫色，渐变为雪青色，最后成白色。由于花开有先后，同株上同时可见蓝紫色和白色的花。其颜色之变，如蝌蚪与青蛙之变，亦如人之童年、少年、青年、中年、老年。世间哪来那么多鸳鸯，它是雌雄同体，自己和自己的不同阶段谈恋爱。如此，每个阶段也需不同相貌、不同气质、不同见识，乃至不同价值观。一生如几生。又似鸳鸯茉莉，每一生都要香。

题外话：蝌蚪之前，青蛙之后，各自应还有一个模样，我们肉眼凡胎看不见。

紫茉莉

六月中旬，公园里的植物大多睡去。紫荆树上，都是阔大的叶子。木棉树光秃秃的。凤凰树下，依稀留下几小摊粉红的稀泥。簕杜鹃堪堪落光。动物有冬眠，深圳的植物似乎进入"夏眠"。天气太热，能不开花就不开，能少开花就少开。万物归于绿。连鸟鸣都怏怏的。

三杰例外：鬼针草、蟛蜞菊、五色梅。个儿矮。路边、山坡、墙角、隔离带，凡有空地处，必见缝插针，生生不息。它们已超越了生理极限。不但随处可见，而且一年四季绽放。

且不管他。

我看见了紫茉莉。它从绿色搭成的屏障中袅袅而来。一棵挨着一棵，半人高，叶子心形，稍尖一些。伸出几十个枝杈，枝杈顶端有一长条，像根火柴棍，头上有一个小红点儿。盛开之后的紫茉莉像喇叭花。但我现在拥有的，是含苞待放的花。带着淡得几乎闻不着的香气。

我若一无所知，不了解其前世今生，就会认为它是一种奇怪的花，为之倾倒。那些没有孵化的鸡蛋，难以和蹦蹦跳跳的鸡联系在一起。那些未成青蛙的小蝌蚪，不会呱呱叫。它就是独立的、完美的个体。没有过去，没有未来，只是现在。

可我偏偏见过盛开的紫茉莉。

且不管他。

喜欢此刻的紫茉莉。像是六月的催眠曲，其他植物在这柔和的曲子里，睡得真踏实。等别人都绽开了，它再沉沉地睡去。

鸡冠花

深圳宝安国际机场，航站楼登机口处，一排排花坛，菱形，齐腰高，里面种满了鸡冠花。叶子长条形，尖细。花朵紫红色，扁平状，形状略似鸡冠。要我说，其实更像举起的拳头，被砖头砸得扭曲，皱皱巴巴。鸡冠之喻更平和些、人道些。

但公鸡的冠子实际长什么样子，也说不好。幼时从没走近过公鸡。那家伙特别敏感，见人来，叽叽咕咕躲得远远。若侵入者是小孩子，便以迅雷不及掩耳之势，狠狠啄你胳膊一下。真疼啊。别问我是怎么知道的。不想回忆那么惨痛的往事。

恹恹的黄昏之光。积满了尘土的院子，四周扎着篱笆。不知道属于谁家的公鸡。不被疼爱，无望的未来，组成了我见到鸡冠花时的瞬间反应。这里是城市，再也不用担心回到那个农村了。我这样安慰自己。

这个假的鸡冠子，容得下我反复抚摸。其有别于其他花草者，可能就是手感。毛茸茸的，像条绒布，有点硬，不带一点水汽。或许是刚刚下过雨，叶片上还滚动着水滴，但花朵如口含避水珠，干燥如初。

出行者擦肩而过，手里拎着箱包，匆匆忙忙地往前走。他们少了好多不必要的烦忧。没有一个人停下脚步看一看这么鲜艳的事物，也不担心鸡冠下面有张尖利的嘴。

红花玉芙蓉

没有传说的日子。我抬头,只见"明月当空照,日头井中泡。云飞万里路,鸟鸣如人笑"。我平视,却见"马在水上漂,旅人在树梢。仙人遍地走,点头把手招"。

低头,看见红花玉芙蓉。

这一大坨植物,长在一口黑色浅缸里。整个身体已淹没了缸,扒开枝叶方可见内幕。

红花,不是大红的那种。有一点暗,介于紫和红之间。形状略似小喇叭。一个个小喇叭埋在叶子中。一只蜜蜂在花间飞来飞去。我端着手机走过去,它好像知道自己要被拍,刷地一下飞走了。我把手机收起,它又飞回来,像是和我捉迷藏。

特殊之处,叶子底色为绿,表面却呈灰白色,近乎病态。厚实,微微卷曲。一般经验,叶子多绿都不为过。逾越"绿",便是试探着逃离。此时太阳毒辣,条条光线似钢针。主人也不将其挪走,任由暴晒。

人越晒越黑,叶子越晒越白。

在美洲,人们相信红花玉芙蓉一开花,极端天气就会到来,台风,或者暴雨等。仿佛其花苞中藏着开关。天神悄悄扭开了它。与众不同的叶色连接着开关。

真理和美在悄悄流传。有科学家试图通过各种原理证明传说乃无稽之谈。他们注定是徒劳的。

玫红四季海棠

玫红四季海棠可以很好看。一朵挨着一朵。鲜红的小花，四瓣儿。两瓣儿大的，铜钱一般，对称。两瓣儿小的，也对称，夹在另两瓣儿中间。黄色的花蕊，很鲜亮，坐落于正中间。

茎略粗，肉乎乎的，含水量大。叶子有点像塑料，摸上去无体温。

一坨又一坨的玫红四季海棠拥挤在一起，杂沓纷纭。

但找一株彻底完整的玫红，并不容易。它们好像总是处在损坏和被损坏中。

叶子上时不时出现一个窟窿，不规则，有圆有方有三角，有大有小。边缘多数逃离绿色，偷偷变黄，裂开，锯齿一般。茎要么枯萎了一半，要么东倒西歪，醉酒状。花朵更是，总有一两瓣莫名其妙变黑，腐烂。损一伤百，致所有花朵都不完整。

它们很少被种在大地上。与其多次遇到，基本是在各种各样的花坛里。它们像是邋遢的姑娘，底子本不错，长得怜人。但不修边幅,对自己毫无要求。衣来伸手饭来张口。

花坛里居然还有两个烟头。如果是个对自己、对生活有要求的,应该飞起一脚,把烟头踢出去。如果吸烟者也在旁边,就连他一起踢走。

槛木

天地之间本是闭合的。硕大的体育场将其支开一条缝。无边无际的蓝,离大地那么近。清晨的空气稍有点凉爽。昨天的热尚未散尽,今日的热即将逼来。临界点上的一切事物,都像在钢丝上跳舞,可能往左掉下去,可能往右掉下去,也可能卡在那里却已是最恰当的位置。

跑道上稀稀拉拉的人群,隔开的距离让每个人都舒服。如果离得太近,一个人会紧跑几步超过另一个。中年女性面目不清,用手绢捆住脑后的头发,薄外套卷成一个卷儿,系在手腕子上。男人以半秃的居多,短裤、运动鞋。少数光着膀子,胳膊上有腱子肉,一抖一抖。汗水从脸上落到肩膀上,又从肩膀滚至腱子肉,再甩落到地面。

其他地方的凤凰花早就凋零了,只剩绿叶,仿佛从没红过。五月的凤凰花,七月末在体育场里仍未脱离枝头。

这残存的红,似乎有话要说,但还没说完。

一个园丁,戴着口罩和黄色安全帽,身上穿着红黄相间的制服,手持电锯割草机,一下一下伸出去。嗡嗡的响声持续冲击耳膜。草叶儿纷纷落地。一股浓重的青草味涟漪一样扩散开来。

檵(读作"纪")木,又名金钱漆,红色灌木,被修整成圆形,就长在青草旁边。其叶椭圆,有红有绿。顶端长着花,花瓣六七,如红色纸条,细、薄、窄,各不相干,飘飘悠悠,不是很整齐。一会儿电锯逼过来,枝断叶飞之后,远望檵木,就是一道单独的,与周围整体氛围又很融洽的风景了。

向日葵

幼年的向日葵是珍贵之物,在院子里零星地种几棵,期待秋后收获一簸箕瓜子。那厮常常一夜之间便高不可及,需仰头才见花盘。成熟时,需力气很大的人用镰刀去割,小孩子不敢动刀。

七月的深圳,眼前这一片向日葵的花海,几万棵,金黄一片。花瓣在风中抖抖索索,小旗帜一般。最近的那棵上,三四只蜜蜂飞来飞去。仿佛它是派出的代表,说:"我是例子，看到我就看到全体了。"

道路左侧，向日葵都对着我，一起张着嘴，无声欢呼。一只圆盘是一个笑脸，数万笑脸，但未高兴得失态。道路另一侧，向日葵皆背着身，只见无数绿色的后脑勺。仿佛生我的气了。反省一分钟，也不知道怎么惹了它们。其实所有植物都是一个方向。一心向着阳光的它们，怎么可能以道路中间的游人为标杆。而很多游人，想当然地以为向日葵正面都该朝着自己。

面积之大，遮不住它们的矮。细查，每一棵最高也不过一米。人立于其中，可以清晰地拍照，露出难看的脑袋。我在公园里还见到过更矮的向日葵，只到脚踝处，花盘有一个拳头大。活生生的侏儒。

花海边缘的波斯菊和醉蝶花，很多都枯萎了。它们是几个月前的花海主角。当下的向日葵，明显为临时补缺。地面还有起起伏伏的水洼，不小心踩到，一股脏水刷地冲上来，裤脚瞬间湿透。

路边的牌子上写着：严禁采摘。管理者却用刀子割下未成熟的向日葵，标价五元一个，将金黄的"头颅"卖给游客，可以用来做拍照背景。还真有人买，一手举着一个，呈V字形抬起，仿佛打着投降的旗子。

向日葵如果不打籽，还叫向日葵吗？眼前的这些花，似乎都不为收获而生。

此向日葵非彼向日葵。掌控它们的,非此乃彼。这个悄悄的变化中,所有的参与者(含向日葵)都不认为有受害者存在。哀叹的人,你是个笑话。

巴西野牡丹

巴西野牡丹,小灌木,高过半米。居于公园、林边、海边、山边、墙角,乃常见之物。紫蓝色花朵,巴掌大,五瓣儿,平摊着,无任何芥蒂与防备。有香味。熠熠闪光。同样颜色的花朵中,"巴野"乃最昂扬、最具激情的种类之一,透彻、明朗,相当于充满了正能量吧。

每见,我都注目那些红色的花苞,纺锤状,一枝四五个。紫蓝花朵自内涨出来,仿佛新蝉脱蜕而出,一半陷于壳中,一半使劲儿往外挣。又似小鸡破壳,叽叽直叫。它们眼巴巴望着它们的前辈(近在咫尺的花朵)颤颤巍巍,似乎对未来一点都不担心。

如果我站在旁边,两天不走,或能亲见它慢慢打开的样子。新生命迎风而长。但蚊子太多,咬得我腿上、胳膊上都是红包。我依然在旁边站了半个多小时。这个时间长度,于我很短，于它亦然，于宇宙连根汗毛都算不上，却是我接近永恒的一个路径。尽管我经常半途而废。

终究未见它慢慢打开。但是我遇到了它的笑。那笑只有我感受得到。四周的楼房全部消失，天地间，唯剩我和它。一个植物对另一个植物绽开了皱纹。也不知道那是嘲笑、微笑、讪笑还是亲近的笑。

其名曰巴西，应为舶来。一花一叶皆随遇而安，服于当下的水土。我并没将其当成外人。我曾抚慰襁褓中的"巴野"，目睹其最柔弱的光阴，而它也冲我笑过。

紫蝉花

紫蝉花，叶子小手指一般长。四片叶子等距围成一圈，从上至下，一个圈一个圈绕茎旋转。一丛紫蝉花平均一人高，高高低低数根。花朵紫红透亮，大大方方地张开。凑过去闻，有一种淡淡的清香。不浓，却持久不散。摸一摸，有肉质感，水分足。即使日照强烈，也不蔫头耷耳。所谓水灵，必须在阳光下见真章。水汽由内而外散发，让人为之一振。五瓣，互相叠着一点儿，围成喇叭状。花大如拳，站在枝头，朝向四面八方，有的东有的西，有的南有的北，似乎经过认真排练，又像完全无序。设计过还是没设计，若设计过，又是谁人设计？不清楚。所谓真理的两极，莫如是。有些花呈喇叭状，只像喇叭。紫蝉花的喇叭特别，像张望的眼睛，好像一个个年轻人，手搭凉棚，往四处看去。几十个人站在那里，他们的身体全都消隐了，忽略了。你只见到几十双眼睛，各自全神贯注。

可以确认，这种张望里充满了欢欣。不迷茫，不彷徨，不慌张。那是亮亮堂堂，饱含着水分的期待。

今天不来，它们会等到明天。明天不来，再等一天。

它们在瞭望什么，全不重要。刨根问底更显得俗气。它们在等，带动周围的空气都生发出一股淡淡清香。

每个角度都不错过。水灵灵的紫红色里，有眼珠在轻轻转动。

茑萝松

进入茑萝松的方阵，俯身就可触摸到它们。此刻的我应该变成了女性。手中不能端着水杯（那是男人的标配），应执一把竹扇，并不频繁扇动，而是用其掩住胸口。头上最好梳不高不低的抓髻。我顺着风走。如果逆风，风力不应超过三四级。天气不要太热，以免油汗满面。脸上薄施脂粉，不宜浓妆艳抹。路边一挂秋千，秋千旁有桌椅。桌面放着一本线装的《论语》或《唐诗选》。风吹哪页读哪页。

是古代美女吗？这点我不敢确认。补充：不应太俏丽，不胖不瘦，一切恰恰好。

茑萝松，攀爬类植物，叶片羽状。我喜欢这样的叶子，透气，不让人感到压抑。五星小花，红色白色粉色。我居然还看到一个四星的，或属于变异品种。深绿的叶子为背景，星星点点的花，如同印在上面。攀爬的细藤好像妖怪的手，伸到半空无物可抓，就抱住旁边的藤。它们互相缠绕着往上走。一团团，在高处支撑不住，伏倒下来，互相压着，亦不凌乱。幼年时，在村边坟地里经常见到羽状叶子，形成刻板印象，即羽状叶子有神秘感、古朴感、距离感。在现代都市的街道上见到，又不免生出撞击感。

和这些茑萝松在一起，事物们都要匹配。于是我成了另外一个人。谁来了都应该是这个样子，粗憨如我亦需随弯就弯。不是我应该怎样怎样，是茑萝松让我怎样怎样。说来好像神奇，但事情发生，又都觉得正常。很多事一天就会习惯。

一年到头，见过数不胜数的花。我都不由自主地调整到相应的模式。花花草草的魔力啊。

所以你恍惚间见我头上花枝乱颤，别怀疑，那是真的。

母草

雨一滴一滴砸在草叶上。砸一下，草叶就低一下头。再砸一下，再低一下头。雨淅淅沥沥地下，连续不断地砸，草叶连成一片，一个一个低头、抬头，此起彼伏的样子。雨并不大，但草更微小，它会感觉到疼。它喊不出来。旁人看上去风平浪静的世界，岁月安好，其实霸凌和疼痛从没停止。

这样一亩草地，堪称茂盛。细看，每一棵都是无助的孤儿。

我看到了母草。名中带"母"，也躲不过孤儿的命，如同村中叫作"万富"的穷汉。其他草还在绿着，母草开花了。花朵紫白色，有紫有白。四瓣加一起还没有一颗豆粒大。迎风摇摆，楚楚可怜。单株，细嫩的茎，摸上去有棱。中间长了两个小小的分叉，每一个分叉下面又有一片三角形的小叶子。十几株母草散布于各类杂草中间，星星点点的紫白，是唯一喊出了声的植物。

母草紧贴着地皮，高不过一拃，却全身都是中药原料，可治痢疾或消化不良。据说也治蛇毒。现代医学发展起来之后，草药的神奇传说已然褪色。不过，在野外万一为蛇所伤，救援不及，天不应地不灵，嚼一把母草，起码可纾解心中的焦虑吧。

我掐下一小节放进嘴里。没什么特别，差不多就是熟悉的青草的味道。猛想起小时候穿着挎带背心在野地里割草，回去喂猪，喂羊。草叶在皮肤划出一道道血檩子，汗水一淌，又疼又痒。整个村子就是我的全部世界。看不到未来，毫无希望。而现在还有人在怀念那个时代。我下意识地将其丢到地上。我可不想回到过去。

千穗谷

路过一大片千穗谷，我瞄准了一枝，说，我知道你们的底细。刚长成时，掐下上面的嫩芽，水焯后晾干可直接吃。秋后收获的果实比谷粒儿还小，富含蛋白质、脂肪、碳水化合物和赖氨酸等，食之可预防动脉硬化，可降胆固醇、血脂、血压，宜制成保健品。草茎可当成猪、羊、家禽的饲料。对不对？

风一吹，千穗谷频频点头，似乎在说"没错没错"。蹲下身看，成百上千的千穗谷排列整齐，横看成岭侧成峰，蔚为壮观。打量和我聊天的这一棵，高不过半米。茎红色，直立。叶绿，卵形。紫红的花朵其实是一个穗子，下粗上细，颇似燃灯，中间伸出高高的一根，像是火苗。百棵千穗谷，百株火苗。

雨刚停，泥土地一股一股释放着潮湿的气息。此刻它们是景观植物，一岁一枯荣，提供足够的紫红即可。所谓营养，所谓饲料，都不重要。当然，一定有一些羊还需要它们，但它们无法千里迢迢跑到那只羊跟前。那只羊也不知道遥远的南方，还有一大片可用来充饥的千穗谷。

多年前，我所在的北方一个省会城市，春天刚刚来临，公园开园迎客，草未长成，就种了铺天盖地的麦苗。我在农村长大，一眼认出它们。城里人并不清楚，远望绿油油，想当然地以为是草。麦苗比草便宜，而且皮实，撒下种子很快长出来。挂羊头卖狗肉，合算。但园丁不会等它长出金黄的麦粒儿，更不会按时收割，集中运到场院里。游人离开后的某一个晚上，麦苗集体消失，换上价格昂贵的草皮。麦苗仅仅用来应急，如果它们知道自己只负责绿，几年之后，就会退化成另一个物种，更粗更绿更柔媚，假以时日，取代那些昂贵的草也未可知。麦粒嘛，想都不用想了。给出方向，它们会逐渐适应新的角色。

眼前这些千穗谷，自然明白自己的新定位。它们柔顺如绵羊。总有颛顼的、不循天道不讲理由的力量推动着你我他。总有奇奇怪怪的方向供你我他随波逐流。

蓝猪耳

每次见它，都是可怜巴巴地屈居于各种树或灌木下面。它本身就矮，踮着脚也不过二十厘米，不能怪谁欺压它。

蓝猪耳，叶小，桃形，纹理明显，边缘有齿。四个花瓣呈四方形围合在一起，但都不围正，竖着的两瓣儿相对规矩些。上面的一瓣儿，像被捏了一下，出了一个褶。下面的一瓣儿，向下耷拉着，像是跟谁发小脾气。

花朵下白上蓝，或者下白上粉，下白上红。个人觉得蓝色较好，对比鲜明，过目不忘。

以"耳"命名这种植物，有点牵强，很难说形似。以余拙见，花朵更像一张嘴。上嘴唇一碰下嘴唇，方的成了圆的，圆的也可以变方。它们长得遍地都是，虎视眈眈盯住那些经过的人。看谁不顺眼,冷不丁咬他一口。若问缘由，呵呵，"你说谎了"，他便没法反驳。谁这一辈子没说过谎？不过，嘴和耳确有神秘的关联。耳朵是嘴的终极抵达。嘴是耳朵的长长铺垫。蓝猪耳可张嘴说，可侧耳听。或以耳朵之名，行嘴巴之实。

电影《罗马假日》中，记者把公主带到一个面具前，说那张嘴是"真言之口"，说谎者将手放进面具口中，就会被咬住。后，记者手入，突然痛苦地叫喊起来。公主大惊失色。自然，这是个玩笑。

有空的时候，我要特意找几个小朋友，告诉他们"真言之口"的故事，让他们把手指伸到蓝猪耳的花心中。成年人我是没办法了，让孩子们累积一些敬畏之心，也算积德。

蓝蝴蝶

细雨绵绵，天空阴晦。蝴蝶并不逃走，而是趴在灌木的枝头。水浇到身上，不怕得感冒吗？相较之下，叶绿而阔大，正包容蝴蝶单薄的身形。

近瞧，那不是真的蝴蝶。蝴蝶早躲起来了。动物的直觉比人更敏锐，它们派了一个替身，在这儿装木乃伊，给浪漫一词加粗加黑。

那是一种花，名叫蓝蝴蝶。五花瓣儿，四白一蓝，完全平展铺开。白色的四瓣，两边各两片，恰如蝴蝶的翅膀。

蓝色的一瓣，在下端中间位置，如蝶尾。头部四根花蕊，细长而卷曲，如须子，惟妙惟肖。随风摆动，便是传说中的带风向。

一般肉眼凡胎真看不出来。偶尔注目，以手触碰，不由得赞叹，真像！

比起真蝴蝶，蓝蝴蝶花似乎更胜一筹。它可以站在高处大声宣布：蝴蝶无根，我有根。蝴蝶完全无法辩解，听它这么一说，倏忽飞走了。

路人赞叹多了，蓝蝴蝶不一定开心。仿佛自己过的是他者的一生。但自己明明是花，不是蝴蝶。

蓝蝴蝶的不开心，也别当真。好多人都这样。公开宣称自己的理想是什么，可惜自己选错了一条路。言外之意，自己明明有抱负，有能力，只是天不作美，壮志未酬。其实他们过的就是自己的一生。此过程中，极力模仿既有的范本，快感大于苦闷，获得感大于失去感，并且做到了可以以假乱真。

他们走过的路都刻着深深的脚印，脚印里装满了轻快和欢欣。那些牢骚只是因没有兼得而遗憾。阴晦的天空遮不住这点小心思。

雨中的蓝蝴蝶舍不得飞走。

天门冬

一只虫子安然趴在树叶上。以手指触碰,它猛地一蹦,几乎翻了个个儿,柔顺的毛刺根根倒立,身子绷直,似剑似枪炮,随时射出。虫子成了愤怒的小鸟。

天气晴和,阳光温暖。走出小区的大门,一阵旋风毫无征兆地升起来,发出诡异的鸣响,裹挟着沙土和垃圾袋,一掠而过,打得脸生疼。不知道它为什么突然如此暴躁。

一定有缘故。虫子警惕,空气也警惕。身外的事物对它们来说充满了危险,一点儿异样的迹象都会引发其激烈的反应。之前它受过多大的惊扰,无人知晓;之后它会遭遇什么,更不可测。

天门冬的硬,亦如此。

我在树下看到它的时候,以为是草。它和其他低矮植物拥挤在一起,几乎分不出彼此。我揪下一片母草叶,放在嘴里嚼了嚼,吐出来。反复扒拉另一枝狗尾草和蔓花生,它们都没说什么。

而我慵懒地去触碰天门冬的时候,却被反弹回来。

长长的绿茎,细如线,匍匐于地。有节,节与节相交处,均有一两根尖刺儿,扎手。叶片像微缩版的竹子叶,窄而长。花朵白色,苍蝇大小,六瓣儿,有深黄色的小花蕊,令其看上去不是纯白,而是黄白相间。茎硬,叶硬,花朵虽小,也很硬。果实绿色,黄豆一样大,轻而硬。

浑身上下,每一个细胞都处于战斗状态。

同样的树下,同样是在一片宽阔的土地上,同样遭遇不期而至的台风和暴雨,同样被突如其来的挖掘机斩草除根,但它最硬。似乎对谁都不相信,做出随时爆发的姿势。

在更强大的力量面前,这种硬,与软没多大区别。但我能感到它骨子里的气势,那是截然不同的价值观。

姜荷花

池塘中,水波深处,一大片连绵的荷花。日出日落过日子。

岸边不远处,有几株姜荷花。很明显,它们是跳上岸的荷花。

不要迷信什么风平浪静,岁月安好。

荷花变成了姜荷花。茎如高粱秆,叶似绿剑。顶端重重叠叠的花瓣,桃红色,向上舒展着。第一眼看过去,都会想到荷花,但它比荷花小。塘中荷,可以阔似脸盆。姜荷花只有拳头大小,下方还有一个更小的花萼,内藏几个白紫花瓣，仿佛大花的兜里揣着一个小宠物。

荡漾啊荡漾。或许是水蛇钻进空心的茎，在里面绕来绕去，痒得受不了。或许宽大的叶片上长了暗疮，被水泡得浮肿，想切掉，又切不掉。或许相恋的荷花转过头去，不再看它，令它伤心绝望。或许是曾经的亲人已然枯萎，再无变绿的可能。或许是脚下淤泥慢慢变硬，像绳索一样绞杀它。

一定发生了什么，在你看不到的那个世界里。暗流涌动，爱恨交织。

它走上岸来，是逃离，是割舍，是绝情，还是重生？

别问了。任何一猜都变俗。姜荷花的桃红，在阳光下更红。

跳上来，它就是另外的它们。时间越久，就越消失了一颗荷花的心。相似的外表下，两个截然不同的物种。看着渐行渐远的池塘，它对荷花视而不见。梦里不见鱼虾，只见蚯蚓。不见水藻，只见杂草。杂草散发着中药香，一代一代，就此相亲相伴。

红鸟蕉

深圳书城广场上,种着一株株红鸟蕉。细细的秆儿,直立,一米多高。厚而长的叶子令其看上去不那么单薄。

顶端一只只小鸟。

花长成鸟状,需要路人具备想象力,植物自身也要有创造力和突破性。深黄色花瓣个个尖锐,一长,若干短,彼此搭配,就成了一只长嘴的小鸟。像街头艺人编织出来的那样。

它们还有个名字:天堂小鸟。

天堂!

不远处的树上,鸟鸣啾啾,仿佛给它们配音。也可以理解为它们在给鸟鸣伴舞。风一来,晃一晃,声音从它们身体内部冲出来,底气十足。

音节高高低低,长长短短,鸟儿们的日常对话(甚至大悲大喜),在人类那里就是一首悠扬的音乐。所以人类的耳朵可以重新发育一下,把相互之间所有的话都转化为音乐。管它实际什么意思呢,好听就行了。

红鸟蕉唱着。一首又一首。我沉浸其中,几乎要随之舞蹈。广场上的人偶尔转过头向这边看。

我不好意思地溜走了。

金英

我从金英的眼神里看到了野心。

不要误解这两个字。野心没什么不好,你我都有过的。运动场上,大家为领跑者加油呐喊,如果你也是个运动健将,自然而然会想,那个人是我多好!

人们用各种方式歌颂配角,实在是他们需要一点安慰。成年累月坐在路边做一个鼓掌者,不为人注意,多么孤独,简直和蹲监狱没什么区别。沉舟侧畔千帆过,什么事都跟自己没关系。人或事物,不就是因为关系而存在吗?能忍受这样巨大孤独的人,一定是干更大事的料。

但金英的花朵太小了。金黄色,密密麻麻,长在一丛丛灌木的顶端。花瓣大米粒一般,略呈角状,共五瓣。叶厚而绿。采取什么姿势站立,都不显眼。

它遥遥看着不远处的月季花。大花朵在高高的枝头颤颤巍巍。人们都围着它拍照。还有人凑过去闻,鼻尖上沁着汗珠。

如此贵气之物,自己是赶不上了。看身边的花,蓝花丹大,狗牙花香,紫蝉花艳,龙船花密,都不是白给的。大家紧紧挨着,连成一个整体。就是从这些花朵中拼杀出来,又谈何容易?总不能一个个掐死,只留下自己吧?它没那个胆儿，也没那个能力。共同的土地上，经常是你死我活，大家都不愿说出来而已。

也有灵光突现的时候。阳光从金英花瓣上流泻下来，一闪一闪，有点晃眼。其他花朵悄悄蔫了。那一刻它情不自禁生出"天下我为王"的感觉。

但也仅仅一瞬间。很快又是你中有我，我中有你，缠夹不清。

它觉得已经够努力了，也够漂亮了，为什么还如此煎熬？不过你看不到它的怒气。它要表现出必须的谦逊与随和，和周围达成一致。谦和仍是它努力向上的一部分，离崩溃还早着呢。

叉花草

那个小女孩也就四五岁，跟在妈妈后面，边走边玩，蹦蹦跳跳的。妈妈回头喊，快一点。她正要跑，抬头发现了坐在石凳上的我，忽然低下头，抿着嘴，两只手叉在一起，小碎步走了过去。

她在陌生人面前不好意思了。

害羞的还有路边的叉花草。茎细，直立，一米多高，一个一个关节，如竹节。手感也似竹子。叶片下宽上窄，略圆，光滑。未开的花苞绿豆一样挂着，仿佛古代女孩头上的珠饰品。花朵亮紫色，细长的喇叭状，像未开圆满的喇叭花，其实已经开到最大。

那些花星星点点挂在叶子间，距离不是很远，也没有紧挨着，各自独立，又彼此看得见。

它们全部低垂着头。

喇叭花、黄蝉、紫蝉花等，花朵像腆起的脸，正对着人，似提醒路人注意它的美，又似叫人停住聊一会儿天。它们开朗大方，明澈清澄，展露花朵的应有之义。叉花草则是一副害羞状。单看一个，低垂着头。看所有的花，都低着头。哪怕有一个因为好奇而抬头查看呢！没有。好奇也忍着。这就是它们的集体性格，或许是家教使然吧。我拿着手机，仰头从下往上拍照，镜头对着一朵花的花口。它马上摇摇晃晃，"不要不要"。遂住手。它们除了害羞简直找不到另外的表达。你有庞杂世界，它持单一容色。要尊重之。

徐志摩诗云：最是那一低头的温柔，像一朵水莲花不胜凉风的娇羞。

初读时觉得矫情，不忍读第二遍。现在反复念这一句，越读越生动。终于找到了对应的图景。

石斛兰

朋友从湖南老家回来，带了一盒石斛茶。作为北方人，没听说过的植物太多了。于是特意去查石斛的来历：兰科，常生长于林中树干或岩石上。心里就先生出一点轻视。对卑微事物的居高临下，似是人类天性。

放进茶缸里，混沌的一小团，也不知取自于根茎花叶哪一部分。开水冲泡半天，伸展，变长，像一段枯萎的树枝，猜测应该是茎。茶不好喝，一股怪怪的甜味。和办公室同事喝了两次，再泡茶时，手都伸向了另一个茶盒。又过些日子，石斛茶鬼使神差不见了。

有个同事自称养花佬，有一次在朋友圈里晒自己放牧的石斛。我明明点开看了，硬是没记住长什么样。这很奇怪，别人知道我迷恋花草，纷纷发给我从各地采集的鲜花照。然而没用。只有亲见，它才能给我留下印象。其名、其形才能重叠在一起。

那天在宝安国际机场候机大厅里看到石斛，一下子惊着了。这也太漂亮了。一根长而硬的茎，粗细适当，高可盈尺。叶如竹叶，长约一指。花朵从下往上，一个挨一个，一直到顶。单个的花朵略似喇叭花，但更厚一些。手感似兰花，细腻，湿润。花瓣紫白色，三瓣紫色的略大，另三瓣浅白色，互相穿插开。

远远望去,轻灵得要飞。无香味,也就不累赘。

佛家常用红颜枯骨来指示人生之虚妄。年轻漂亮和丑陋老年皆出一身,转瞬少女变大嫂,随后是满脸皱纹的老太,恰如当下这俏生生的石斛兰与那弯曲枯黑的树枝,何必迷恋之。其实不然,美就是美。人老珠黄时,回望当下的美,依然心软。皱纹对美艳的反噬没那么大。谁脑子里整天刻着 WC 里的记忆?鲜花永不忘才更合人情。

以手指捏住石斛的叶片,轻轻揉搓,就像触碰小孩子的脸。它老以后,其娇嫩还是随叫随到。

附言:本文写完后,在朋友圈里贴出来,并配图。一友说,你喝的是铁皮石斛,图为澳洲石斛。另一友说,石斛兰都有上百种。

月季花

香蜜湖公园里种着一片月季花,从旁经过,一群麻雀忽地飞出,扑啦啦竟有直上云霄之感。与贵族为伴,不免沾染洒脱之气。

月季花乃我心中贵族,源于小时候听收音机,说我们河北省的省花是月季（注：如今改为了太平花，不知什么时候改的）。我自然没见过，但崇敬之心延续至今。或曰，彼时能见之花少之又少，几近于无，生活全天候灰色。有几年，奶奶院子里种上了月季，每次回家都看看还是不是去年那几棵，希望它们像我奶奶一样长寿、健康。

此时所见月季，一株一株整整齐齐，都不高，修剪的痕迹很重。茎上有刺，花朵在最上头，一瓣儿一瓣儿极鲜明，有黄、红、粉几种颜色。一种幻觉：红可变粉、粉可变红，像变脸艺术。一转头，突然转换；再转头，又换回来。

月季花朵很大，迎风而立，风姿绰约，款款大气。仿佛没有孕育、含苞的过程，一夜之间就干到了成年。此即其一生。既无萌萌幼年，又无衰败零落的老年。任何泄气的勾当（哪怕是小小的幽默）都与之无缘。它们头戴王冠，脚踏祥云。饮玉露，汲甘霖。不上厕所，不吃火锅。虫鼠遁逃，鸟雀来朝。

香蜜湖这一片月季花，或是种植时间不长，远没有开透，只零零星星几朵，但相互之间已成掎角之势，此起彼伏，显示出君临天下的霸气。它们貌似亲民的外表下，透着与生俱来的王者风范，为众生所仰服。

但这个城市的名字叫深圳。花太多了，大街小巷，闹市僻壤，无不是它。没谁能真的突出于所有的花朵之上，缥缥缈缈，以致面目模糊。月季的王者之相，亦是泯然众生的一种形态，因为真切、迫近而无法给自己镶上擦不掉的金边。贵气与俗气兼而有之，天地因此平和交接。

紫竹梅

幼年听歌星们唱《紫竹调》，欢快，优雅，单纯，一下子就记住了曲调。想当然地以为紫竹是一种花，后查资料，曰，《紫竹调》最初在沪剧《双脱花》中为磨豆腐劳动时所演唱的一支曲牌，演员演唱时，双手摇曳做滤豆浆的动作，布兜用两根斑纹竹竿支撑，斑纹竹名"紫竹"，自此该民歌就是"紫竹调"了。但李玲玉版的《紫竹调》中，又直接出现了紫竹："紫竹开花七月天，小妹妹呀采花走得欢。手拿紫竹篮，身穿紫竹衫。美丽的紫竹花戴胸前。采了一山又一山，好像彩蝶飞花间。"此处紫竹明显是一种植物了。彼时，生活在终日灰暗的北方，对灵秀富裕的江南莫名向往，高考时还报考过苏州铁道师范学院，结果被前面的志愿录取，没机会上。

某日，偶在一饭店门口见到紫竹梅。长在花盆里，叶厚，一指长，略紫，说是棕色似更准确，手感有点涩，敦敦实实。

顶上一粉色小花,三瓣儿,花蕊黄色,不怎么显眼。花萼与叶子相似,如同被谁捏了一下,固定为鸭子嘴状。

耳边立刻响起《紫竹调》的旋律,并自动配上了词:"大家全都好好的,不生病啊不发脾气。左手也不急,右脚也不急,天上落下了一阵雨。紫竹梅啊你好好的,想起我就打个喷嚏。"

在深圳生活多年,想起江南,还是有点异域色彩。唯此异域与彼异域稍不同。

杜鹃

不用递交简介。知道你是杜鹃。还叫映山红,在北方叫作金达莱。

花瓣真柔,细腻,薄。以指轻搓,如抚丝绸。浅紫色,五瓣儿,拳头大小,恣肆地张开。雨滴粘在上面,一天都没掉下来。在我眼前晃啊晃,藤条一样的灌木丛上,一片艳丽。

一棵。两棵。三棵。不多。

你的头顶上,三角梅同时盛开。脚下,母草试探着伸直了腰。旁边,石斑木的枝条犹犹豫豫。不远处,宫粉紫荆即将开败。它们都没递交简历,一年年在此繁衍生息。有的没心没肺。有的半死不活。有的其实死过,又缓过来了。它们全知道自己的底线在哪里。

你打扮成和它们一般的样子。我的眼睛穿过你的头顶,看到远方,八百里外,一千里外,一座座连绵的山,都是你的同伙。成千上万的浅紫或者通红,攻占了一个个山头。手中持刀,所向披靡。杜鹃过处,只剩杜鹃。

哪里有什么人畜无害。侵略是具惯性的。漫山遍野的东西,必为洪水猛兽。只要它踏灭了一个,比如母草,其他便如多米诺骨牌,一个个倒下。我听到了你们的号角。隐隐,随着风来。

但,都是你们又怎么样呢?杜鹃又不丑,甚至可以毫不愧疚地说,那是美。

我张张嘴,无法回答。我的木棉呢,我的石斑木呢?我想抱着它们睡觉的时候,却被乱蓬蓬的杜鹃扎了胳膊。

承认吧,你是带着使命来的。你搅扰了我的梦。梦不珍贵,可它是我的梦。你的野心已经压制不住了,在我眼睛里闪出一道道光亮。

你看我手上的枪,已经装好子弹。谁知道能否保护得了它们。白花洋紫荆和三角梅都觉得我多此一举。

杜鹃,此时的对峙,只有你和我知道。

梭鱼草

水中梭鱼变成了草。

动物变成植物,陆地变成大海,大海变成高山,森林变成大火。只要愿意,它们都会变。

准确一点,不是基因突变,瞬间由黑翻白。它们是行走。梭鱼变成的草叫梭鱼草,站在水边,停住了。

一丛又一丛,茎直立,每根都笔直,比筷子略粗,高不到一米,呈相对明亮的绿色。叶片长条状,差不多都在茎的最上面,目测较为俊俏,摸上去很软,对人无敌意。花穗被叶片包在中间,像一颗上下粗细相等的棒槌,清晰地指向天空。穗上密密麻麻爬满蓝紫色圆形小花。

干净的茎上,粘着一坨粉红色的东西,远看像虫子,走近扒拉一下,粉色的小圆球纷纷掉下。手指上还沾了一点黏液。可能是动物产的卵。一只深红的蜻蜓在附近飞来飞去,也许与其有关。

梭鱼草正构建一个生活场景。远方还有很远,极目不到边。走着走着,它站住了。开始寻思。要上岸吗?是到陆地上,还是转回身,进入更深的水中(转回也是行走)?

这一犹豫,就是百年千年。泥鳅在草间穿梭,蜻蜓在其上繁衍,一代又一代。

想明白一件事，天崩地裂，醍醐灌顶是一种方式。踌躇不前，纠结千年也可以。

"警惕那些永远坚定的人，"梭鱼草对催促它的人说，"我坚定过的，但现在困住了。不是被人困住，是被自己困住。请给我时间。"

水波荡漾，如小孩过家家，一圈一圈，乐此不疲。陆地上的白花蛇舌草、通奶草、野甘草、田菁互相打闹着，吵成一团。谁都顾不上看一眼梭鱼草。

梭鱼草站在浅水中，左看右看，上看下看，散发出柔和的犹豫之美。

冷水花

路边一排冷水花，高及膝。

冷水花的花也算花吗？就是干巴巴的一小撮白，像崩开的爆米花，又比爆米花略小，星星点点挂在整株植物的上面。算是花吧。有，总比没有好。茎细，绿色，直立，含水量多，被叶子挡在下面。目力所及，都是冷水花的叶子。

叶片长圆，有非常明显的条形白斑，手感稍硬，无生气，纷纷低垂着，一副蔫头耷耳状。太阳毒辣时如是，清晨潮湿时亦如是。终日不仰起。就像一个小孩儿，埋头护着自己的衣兜，生怕给人抢走宝贵的财物。余幼年得到五分钱，见人就是这个样子。

路边这群孩子，后面到底藏了什么？

那些花，应该是个掩护，故意引人入歧途的。

穗花

新开盘的小区门口，摆着一盆盆穗花。叶子绿得发黑，叶脉明显，边缘有锯齿。单株的穗花，茎粗如指，直立，一尺多高，好像一条完整的穗子。茎的上半部分是紫色的小花，下半部分长满白色的小刺，应为花落后的细梗，摸一摸，柔软不扎手。有的穗花长出枝杈，均为紫穗，感觉很结实，抄起来就可以抽人。

穗花原生于北方，我却在这曾经的烟瘴之地遇到它，责任全在那无所不能的栽培者。如果穗花自己跟着气候一点一点往这边走，至少需按部就班地走上几百几千年。更或许，它根本不喜欢这个地方，眼睛向这边瞅都不瞅。它们在北方广袤的大地上行走，繁衍，一代又一代。在东在西，在岸边，在山林或者在荒地，全由自己主导。现在被人类外力强行介入，也只好随波逐流。

但谁也无法阻止它们向上。人类亦不干涉，甚至明帮暗助。穗花和所有植物一样，竭力拔高，冲向天空。白云深远，望不到尽头，见云不见山。

它枝蔓甚少，类似于一意孤行那种，摇头摆尾，挣脱羁绊和束缚，急迫地、义无反顾地向那高渺之地奔跑。半夜你都能听到脚步声。它是要去够什么吗？穗花那么矮，连我的腰都够不到。它是要对上面的什么人说点什么吗？可我的耳朵早被杂音塞满。

成千上万种植物都抬着头，伸着手。即使讨要答案，似乎也轮不到穗花。但此时此刻，穗花离我最近，我殷切地希望它给我答案。我就是断定它什么都知道。

白兰

我见白兰，犹见美人。据说白兰是大树。大树让别人去看见吧，我只欣慰于眼前这株小巧且贤淑者。

白色的树干。叶片浅绿色，长约一掌，稍窄。花朵由细长的花瓣组成，十来瓣，长短略似一根火柴棍。初绽者，紧紧向上兜着，盛开之后，花瓣耷拉下来，露出里面棕白色的花蕊。

一撮儿一撮儿的白色花朵，被绿叶衬托着，从远处看，仙气蒸腾。走近闻一闻，香气四溢，且不燥不淡，恰如其分。阳光越热烈，把香味晒出来得越多。

据说白兰是黄兰和深山含笑的自然杂交后代，原籍已不可考。适逢孔诞日，有人八卦孔子出身，以"海昏侯出土衣镜写的是'野居而生'"问于我友许石林。

石林兄答：怎么生，生什么都无所谓。一个野合而生的圣人为人类带来了万古不易的真理，这就是天生，天假于其父母的骨血而生。所以说孔子的后代称为衍圣公，不称衍血公。

白兰之香，似与此同理。

石竹

差点错过石竹。

它们密密麻麻地长在花坛里，茎细如针，硬而直，高约一拃，上有小节。名中有一"竹"字，或是沾了这"节"的光。顶端长小红花，一枚硬币大小，像一个红色的齿轮，中间有断裂带。花片薄而干净，摸上去柔滑细腻。因为太红,照片不好拍,一堆叶片粘连着,像是红墨水洇湿了纸张,难以分出单个的叶片。

妻子说,这种花你还没写过。我说,不写,看着像菊花的一种。

菊花得有上千种吧?我很少去触碰和书写它们。

菊花没惹我,纯属个人偏见。一是菊类有一种整体的俊俏,于我缺少亲近感。一是唐朝黄巢赞美它的那句诗:"我花开后百花杀",听来恐怖。花朵的性格由人赋予。植物何辜,被人赋予这个赋予那个。赋予了,就摘不下来。

查证,此花名石竹,不是菊类,便无抵触,俯下身认真打量它。秋日暖阳,笼罩出一团祥和之气。细究,它还是和菊花有相似处,比如花瓣边缘的锯齿。菊花那些性情套在它身上,也未尝不可。可我一定要将其割裂开来,让它远离泥潭。

我本可以像喜爱其他花草那样喜爱它。

山牵牛

掉下来了,掉下来了。地上几只蓝色的耳朵。

那是山牵牛花。它们挂在高高的半空,需仰头才见。

藤像绳索一样悬着，飘飘荡荡。再结实的藤，在那样的高处也硬不起来。高能够软化硬。

叶片略似心形，有小绒毛。花朵浅蓝色，手感湿滑。有点像牵牛花，又不如牵牛花守得那样紧，五个花瓣，完全打开了，这样它们就能听得更清晰。

它们在听地上的人说些什么。

需先屏蔽掉很多杂音，比如狗叫，外放的音乐，搅拌机的轰鸣。人们都贴着地面，说话又快，稍不注意就错过了很多信息。

人类太神奇了。他们可以把杂乱无章的东西梳理得井井有条。一声令下，一万棵树按大小个儿并排站在一起，谁也不挤谁。也可以把原本按部就班的事情搞得一团糟，一个莫名其妙的理由就发动大规模战争。

如何做到的呢？秘密或许就在他们的声音里。

山牵牛吊那么高，定是为了听得清晰。高处兜音。住在五楼的人听不清汽车的轰鸣，二十楼的人却觉吵得不行。这些原理山牵牛岂不知道？

它的颜色越来越蓝。听到的东西太多了，有了心得，身体也随之发生变化。极像一个人功成名就之后，他的神情会越来越沉稳，腰也越来越粗。

似乎不用担心山牵牛去向拥有生杀大权的神灵打小报

告。差不多的时候,它就落下来,如你现在看到的地上这几朵花。它不是向上走,只以实际行动让人类放心,它们无害,只是好奇。

如果捡到了山牵牛,请把它们埋在树下。别嫌脏,脏也是人类的脏。别嫌麻烦,麻烦也是人类的麻烦。它听到的那些东西,都没消化,原原本本还给了人类。

十大功劳

名为"十大功劳"的事物,起码要彪形大汉,长枪短炮,端起来就干,或者稳坐中军帐,羽扇纶巾,运筹帷幄。实际上,背负这一名字的,是榕树下的一丛丛灌木。

整体约半人高,茎硬,棕绿色。叶片深绿,手感似革,边缘有尖锐锯齿。多数植物把刺别到枝干上,外物来袭,扎他个皮开肉绽。十大功劳另辟蹊径,以叶为大后方。顶端一簇簇穗状花朵,像黄色的小锤子,轻轻一碰,黄色小颗粒纷纷掉落。

夹杂在成千上万绿色植物中,十大功劳泯然众人矣。也没关系,世间大事都是不显眼的人干的。其名来历,根茎花叶皆有药效,清热解毒,消肿,止泻,止烧伤、烫伤和治疮毒。十乃泛指。此处功劳，皆为对具体的人的益处。平民百姓想，江山兴亡关我屁事。如何治好老爹的病，如何让孩子健康成长，比江山还重。当然，明面上还要口口声声"皇帝圣明"，而从对该植物的无限褒奖，价值观世界观可见一斑。

抛开药效一途，其十大功劳还在，且举例：绿色、黄花、涵养水源、在榕树下低头、扎手、叶片上有寄生虫、有蜂和蚂蚁在丛中游荡、抗风又随风倒、不遮雨、安静。

每一个功劳都不是它独有的。它活着就算功劳。

死了还算。

长寿花

农村没有送花的习惯。近在咫尺还是两个世界。有机会，我要送奶奶一束长寿花。

长寿花，茎粗而绿，叶厚而绿。单个的花朵非常小，堪比手指盖。花瓣层层叠叠，形似微缩版的牡丹或月季。花朵一个挨一个，或三五成群，或七八扎堆，凑成一朵大红花。

妻说，看到密密麻麻的它们，不由自主想到一个词：

多子多孙。叫子孙满堂也成。

这两个词与"长寿花"还真有点联系。传统文化中，讲究"仁者寿"，同时有另一个词"寿则辱"。换算一下，令仁者受辱吗？肯定不对。有一个条件被忽略了。

有寿之仁，确与子孙有关。

已过百岁的奶奶，几年前还能自由行动，拎着竹编小篮子到村中大街赶集。卖菜人说，老人家，这是送给您的，不收钱，沾沾您的福气。奶奶说，你们挣钱不容易，得收下。众人赞叹，老太太仁义。

耄耋之年，孙男娣女，绕膝而坐，形成了一个气场，让外人望而生敬畏羡慕之心。亲人的尊重予老人无限尊严。功利一点点，子孙之势，亦为一气场。若失此氛围，一人上街，无人闻无人问，或是孤苦伶仃了一种，所谓寿则辱。

又或，喜清静者倒也乐得一人，一叶一菩提，谁解他人的幸福。且，多子多孙者，各怀心事，分崩离析，又是另一种辱。

我蹲在路边，看着那么多花朵，和和睦睦地凑在一起，一边替它们担心，一边为它们祈福。

（注：祖母已于2022年初无疾而终，再无机会送花给她）

文心兰

是谁把文心兰挂在了那么高的地方。

不是挂,是种上去的。它的根紧紧围绕着树干,几为一体。文心兰的枝叶,亦好像直接出自大榕树。叶子细长,约一尺。藤蔓耷拉下来,上面挂着一朵朵黄色花朵,手感滑润。花朵一大瓣,三小瓣。大者近圆,有一个裂痕。小者交叉成凵字形,顶在最上面。交接处,有浅棕色的条纹。

细查花形,很像一只黄蝴蝶,灵动,轻巧。牵强附会一点,又像一个"吉"字。传说中,宋美龄访问美国白宫,见此物,读出"吉"字,引种回国,并起名吉祥兰。

文心兰形美寓意好,常用来做切片,插在花瓶里,是与人交接较频的植物之一。

抬头望,却未见个中端倪。它挺身昂扬,凝神静气,任何世俗的酸甜苦辣,似都与其无关。它对人不会有任何帮助,既不带来好运,也不会带来霉运,更不指导生活。

那是一扇生死门,灿烂的黄令人晕眩。如果它开口讲话,也就是和人谈谈生死,生命的意义,以及宇宙的深处。它不会让谁多活几年,或少活几年。这种事,想想都跌份儿。它只是默默站在那里,迎来送往。在我之前已存在多年,在我之后,依然如此。直到有一天,我的灵魂飘然而至,穿越而过，从其正面来到背面。豁然开朗，一片大光明。

这一片文心兰，悬于深圳最繁华区域的公园内，不被尘世的嘈杂污染一丁点儿。经过了神的点化，它的身上浸透谕令和暗示，早已百毒不侵。

树荫挡住太阳，文心兰的金黄越出叶子，向上，再向上，和阳光合二为一。带着沉默的大大小小的灵魂。

玉兰花

玉兰花，姓白的多。我看见的玉兰，并非白色。大花瓣，长约一掌，宽半指，背面紫红色，正面白色，六瓣儿或者更多，背面冲外，正面向内，收敛呈碟子状，好像一个人手捧着什么。含苞时，如粗壮的紫色蚕蛹。绽开后，每一瓣儿都不含糊，瓣儿瓣儿晶莹，玉雕一般。

名中确该带一个"玉"字。

在深圳，冬天花不少，紫荆花、朱缨花、紫花风铃木等，扑扑啦啦的，让冬日免于冷清。玉兰只是其中一种。春节前后，高高低低的玉兰树蠢蠢欲动，几天就变了模样。枝疏叶少，仿佛孤零零的枝干上突兀地顶着几个紫玉碗。透过空隙，可看到对面路上影影绰绰散步的人，还有大人怀中抱的小孩儿，也是玉一般。

那时刚到深圳一年多，妻子被路边的玉兰花吸引，拿出手机拍照。我们还孤陋寡闻，甚至不知其名。螳螂捕蝉，我在她身后拍了张照。她脑后梳了一个马尾巴，看上去尚年轻，现在妻子鬓边的头发已经变白。

红苞花

红苞花的花朵即手指。不止五个，十个，已超过二十个，三十个，一根挨一根，排布在棕色的茎上。那手指细若火柴棍，通红，多数未展开。已经开放的，四瓣小花长在长而硬的花苞顶端，每个花瓣不过米粒儿大。

风从远处来，一路走一路裹挟。它空无一物，其实是最大的独裁者。世间事物多为愚氓，跟着头羊走，就觉得安全和幸福。走着走着，便身不由己。风每过一地，定增加一些追随者。走的地方越多，追随者越多。事物之外，各种各样的气味，都跟它走。千奇百怪的大杂烩，滚雪球般，轰隆隆扑来。

迎面就遇到了红苞花。

如一个壮怀激烈的人，扭头注视其他地方，绝不正眼看来敌。伸出胳膊，手掌与之垂直。花朵的手指，毅然而决绝。万籁俱寂，却仿佛巨大的音响从它的身体里涌出来，与轰隆声火车对撞。

那么多手指，上下左右中，从各个方向上发表自己的表情。动物植物都摇头摆尾附和之时，这种姿态殊为难得。

它应知道，这姿态背后，伴随着巨大的孤独和冷漠。整个花园都排斥它，疏远它，对其敬而远之，乃至直接动手打击。花儿们的自残并不比人类更小。它亮出手掌之时，即断然踏上不归路。

无人等它归来。众叛亲离。一天又一天，红苞花固执的手势没有松懈。整个世界亦逐渐习惯了它。而它自己，在紧绷之后，定格为苦修。风在与不在，已不重要。它闭口问心，冥思苦想，花朵越来越红。有一天，它突然变大、变色、变调，或枯萎，我都不会惊讶。

十字爵床

那种黄，介于土黄和牙黄之间，有点暗，除了用"黄"浮皮潦草概括一下，找不到更准确的另一个词。

十字爵床所有花均披此黄。这朵花和那朵花之间，不会因深浅争吵不休，彼此看一眼即达成共识。

小灌木。茎直。叶片不大不小，油亮，边缘有波浪形锯齿。花梗绿色，长约一指，如未熟的麦穗，幼时在农村常见。顶端一簇小黄花，每一朵都是三瓣，每一瓣又像是两瓣粘连在一起的。薄如纸，手感滑腻。因形似鸟尾巴，又名鸟尾花。

回头审黄，颇具南亚风格，易联想到印度或斯里兰卡之类。此种印象，或来自饮食（如咖喱），或来自影视背景。一个地域有一个地域的刻板印象。蓝色、绿色、红色，常被提炼成某一个地域的最大公约数。旁观者心有灵犀，一望便懂。

十字爵床确原产于印度和斯里兰卡，今在深圳已不罕见。路边，花坛里，小区内，时时遇到。忍不住想问，那么大老远，跑来干什么？让谁看呢？心事重重的人，眼皮都不抬一下。一天下来，至少一千六百个人擦肩而过，他们宁可看手机，也不看花。按理说，花儿们都该尴尬一下。尤其像十字爵床这种远道而至的。

但花儿们认认真真地舒展着花瓣，叶片闪闪发亮。从寂寞的清晨到寥落的黄昏，毫不懈怠。在远方，它们并没开给那里的人看；到了深圳，亦非开给这里的人看。人类的身体倏忽飘过，只会让花朵皱皱眉，揉一揉鼻子。它们是开给神看的，知道自己的一举一动，尽收神的眼底。神高兴，它们也高兴。它们舞蹈，神也在空中轻轻哼起小曲。

此时，我不打扰它们，应是对的。

五爪金龙

一道铁丝网，隔开宝安区和南山区。当年，前者属于关外（亦即经济特区之外），后者属于关内。从关外进入关内，需查验各种证件，无证闯关者当付出巨大代价。如今关口已废弃，但铁丝网还在，锈迹斑斑。

对面一小片荒废之地，疯长着鬼针草和蟛蜞菊，小白花和小黄花纷纷摇曳。边缘一丛芦苇平添了一点萧瑟气。铁丝网上爬满藤蔓，有丝瓜秧、苦瓜秧、扁豆秧等，许是附近零星私搭乱建的人所种。

凌驾于各种秧苗之上的，乃五爪金龙。也是一种攀爬植物，绿叶如掌，有六瓣儿的，有七瓣儿的。我所见到的花朵，尚未最后长成，颇似没打开的喇叭，圆柱形，紫色，花瓣内收，像女孩儿嘟嘟的嘴。一朵朵朝向天空。

年深日久，五爪金龙下面铺着一层枯干的藤蔓。也不知死了几年。新生者腾跃其上。它们爬这么高，看到过一个个悲喜剧。剧场已换,舞台搬走,它们什么也看不见了。现在唯一的用处是装饰着铁丝网,使其看上去不那么生硬。

铁丝网后面,一座巨大的立交桥。我经常开车从立交桥上绕下,就算从南山进入宝安了,从没有想到桥下是什么样子。

早晚有一天,这个铁丝网会被拆掉,没人可惜。五爪金龙等植物也被连根拔掉,更没人在乎。

假马鞭

假马鞭,茎长而直,约半米,有棱,确像多年前农村常用的马鞭。整条茎稍显光秃,上缀蓝色小花,三四朵、四五朵为一簇,叶片呈卵形,上面有放射状格纹,颇类榆树叶,在茎的下面,跟花朵有一定距离。

最先是在公园里见到整整齐齐的一排假马鞭,不难看。但在姹紫嫣红的背景下,一下子被淹没了,它张着嘴唱歌,倒有点像滥竽充数。

再见它,在边坡上。好大一面坡,陡立于路侧,逼视着路人。洋灰打成一个又一个多边形的格子,固定住山体,内中长满树和草。树是矮树,草是长草,尤以五色梅居多,杂以灌木。

岭南雨水大，滑坡、泥石流等天灾并不少见。边坡上的植物们应该知道职责所在。

我发现了假马鞭数丛。像从石头缝里钻出来的，根须紧紧扒住周围的土，身体绷直。它们互相抱在一起，伸出一条条鞭子，以作战的姿势，抽打着风。叶片上一层灰，一摸，手就脏了。这种多年生的植物，乱而健壮，仿佛已历尽风风雨雨。眉宇间，有一股在公园时看不到的硬气。

重担加身，假马鞭突然变得像一个——英雄。

假臭草

假臭草浅紫。茎细长，顶端一朵小花，毛茸茸的。花朵名"假"者，多属东施效颦，或者有人强行配对，未经双方同意。臭草如何，假臭草如何，哪个是真，哪个是假，无标准，无定论，多先入为主，随口一说而已。假臭草倒是真"臭"，骚味儿扑鼻，又名猫腥草。

假臭草乃实实在在的有害植物。生命力旺盛，孜孜吸收土壤肥力，所到之处，其他植物纷纷退却，直至消失。假臭草一家独大。农人要保护自己的作物，必除之而后快。

战斗不可避免地发生。

我在公园里见到了假臭草。一丛丛，一片片，明显是园丁种下的。它们好养活，星火燎原，让园丁们省了不少力气。假臭草的花也确值一赏。远望近望，总不见庄稼。

是的，庄稼不再神圣了。

不再神圣了。

麒麟掌

二人转《大西厢》中唱词："六十年一开啊，那是仙人掌。"事实并非如此，仙人掌只是开花少，开花慢，若环境不佳，或养殖不当，多年不开亦正常。由此，见到麒麟掌时，发出两个惊叹：一、仙人掌开花了；二、花朵竟是这个样子。

麒麟掌并非仙人掌，只是长得像。粗壮的茎一根挨着一根，四棱、五棱或六棱，棱上立着刺。有点像绿色狼牙棒。热烈阳光将刺打磨得更亮，仿佛有了灵气，想扎谁就扎谁。顶上的叶片（即花朵）白色，形似扭曲的包子褶儿，又似海螺，粉红的边缘皱皱巴巴（上面也有刺），如陶瓷制品。赞叹时，可称，这花开得真瓷实！

麒麟之得名，据说是花朵外形很像传说中的麒麟。

像吗？若不提麒麟二字，还真想不到。提了，就觉得确有那么一点像。而这种像，是写意性质的，混沌中藏着真谛。它拨开迷雾，为你我指出一条路，不能像天光大亮时那么清晰，但终归是一条路。迷路不迷路的并不重要，有一条似是而非的路，走一走，免得停下来发呆，拔剑四顾心茫然，无所适从。这就可以了。

风雨兰

台风来了，空气里游荡着一种奇怪的轰鸣。所谓鬼哭狼嚎，大致如此。树枝"咔嚓咔嚓"一根接一根折断。莫名其妙的事物满天飞。雨骑着风，上不去也下不来，在空中横了起来。天地间一片漆黑，忽然又亮一下，刺眼。

一夜过后，风平浪静。地上断枝狼藉，还有广告牌，车牌，圆形的方便面盒，倒扣着的垃圾箱。全都一动不动，听不到一声呻吟。仿佛和最亲的人吵了一场漫长的、最伤感情的架，再也不肯张嘴。

此时，路边郁郁葱葱的草地上，几百只白蝴蝶做振翅起飞状，然后定格。即为风雨兰。

花片六瓣，稍显尖锐。白色，内有黄色的花蕊，略作点缀。

茎细而软，匍匐于地。如同乱发一堆，明显的一根和一根，但扶不起来，全部趴着。此时阳光正热，钢针扎万物。针头都在热水里烫过。

人说，风雨兰在风雨过后开得最好。雨大也不怕，风大也不怕。

昨晚是怎么熬过来的？它们没被刮走，胳膊腿都还健全，气场也没散，似乎没在这场全民鏖战中消耗一点能量。

劫后余生的世界里，只有它自己的声音悄悄在回荡。那是吹着口哨的小曲。

野姜花

姜花，不知为何又名野姜花。莫非既有驯服的一面，又有野性的一面？但我意仍是称为野姜花。花花草草，在野外才对。公园、墙角都算野外，虽为人工种植，却要靠天吃饭，和大地相偎，是天和地的一部分，与室内豢养的有着不同的指向。

我见到的野姜花：叶片呈 V 字形，两两对生，长约一尺。远望，四五个 V 插在茎上。顶端白色花朵，花瓣三片，中间花瓣大，两边两瓣儿略小，极像蝴蝶。四五朵花，紧紧拥在一起，似蝴蝶纷飞。清香扑鼻，越闻越香，仿佛童年村边河水的味道。

傍晚，和妻子散步至此。我特意引她来的，是想让她嗅一嗅这香味儿，顺便接触我童年的味道。一起走过二十多年，她还不知道我过去的二十多年。

野姜花之香，愈夜愈浓。白天阳光热烈，大概连水分带气味都蒸发了。夜间，天空仿佛一双无形的大手拢过来，不让声音飘走，也不让香味儿飘走。

野姜花丛生于这个公园小广场的边缘，在黑暗中蹲着身子，魅影重重。一群老头老太随着音乐跳广场舞，看上去整齐划一，细瞅，每一个人都不在节奏上。妻子嫌吵，不肯走下台阶。我只好一个人走近野姜花。

藏在智能机器里的香，被有规律地喷发出来，一股一股的。有的植物从泥土汲取臭，有的汲取腥，有的汲取香，同一块土地，各自攫取一个观点，以致针锋相对，永不兼容。

我用双手拢住那些香，感觉它们在手心里撞来撞去，暖洋洋的。它们不是要逃出去，而是表示亲热。我小心地捧着，来到妻子面前，悄悄松开……

小叶紫薇

紫薇花很大,多紫色。小叶紫薇者,多粉红色,也有白色。名为小叶,其实小的是花朵。远望,鲜艳的一大团,特喜庆;近瞧,都是小花,像皱皱巴巴的火山石,但比火山石软多了,手指一弹,花瓣即落。六七月份的深圳,它贡献的色彩最多。似此等物,适合锦上添花,无需其他。

但在弘法寺见到的那一株小叶紫薇把我惊着了。高约两米,开放正盛。天气炎热,人来人往。万佛殿中,正中一大佛,其后,满墙的金身,不计其数,似乎持同一姿势。门口有两行字,第一句为"礼佛三次,功德无量"。进来的人,见字都不由自主地合掌而立,低头躬身。神给任何人机会。这瞬间的虔诚,亦是虔诚,更是良缘。后来者见状有样学样。他们都被这氛围淹没了。向上,为光明殿,悠扬的音乐声起,其间,轻柔的广播在用英语讲解经卷。渡人渡己的话,谁都听得懂。若入心,谁都可以救人于水火。

那株小叶紫薇就在光明殿旁,和其他地方的同类比较,它的表情要肃穆、沉静许多。粉红的光环绕身一周,依稀可见。生于斯长于斯,每天看即兴的、笃诚的朝拜者,听殿堂里传出的吟唱,肯定被净化了。即或某种原因有污染的片刻,也在和虔诚的较量中,被重新擦净。

风一吹,树摇,像在礼佛。它这一天肯定不止三次吧。

马齿苋

马齿苋,敝乡华北大平原上常见,又名马牛菜。看名字就知好不到哪儿去。此类野物,一地一名,均信手拈来,不走心。有心者若整理,成百上千也不止。

长在路边,脚踩车轧。旱时,俩月滴雨未有,逢涝则积水难排。此物不但不死,且年年产籽,第二年更旺。它们不像杂草那样去纠缠庄稼,故不惹人讨厌。相反,嫩时可当菜,割下洗净,用糁子(玉米面)拌一下,文火蒸熟,滴几滴香油,既当菜又当饭。味道有点酸,属自带作料。似乎没人拿它们当正经菜,或有不便明说的缺陷,又或者太贱,常吃失身份。如此,正好。若太美味,早被掘光了。一年又一年,被斩草除根的植物不在少数。

夕阳橙黄明亮,我在深圳一小区门口的花坛中又遇马齿苋。多年前天天见,却视而不见,如今可以认真打量它。此处的马齿苋,茎棕色,肥厚,水分充足。叶片扁平而小,似乎注满水。这是穷怕了,一举一动,一言一行都指向功利。尽管在城市里不缺肥不缺水,但一代代积习,仍需慢慢修正。

充足的给养使其长高,很难直立,一丛丛趴着。里面有野蛮人丢的烟头和废纸。如同不洗澡的人,头发里生了虱子。

其花朵,红色粉色紫红色,混沌的一小团,几乎分不清几瓣,貌似有谁将鲜艳的纸随便团了一下。远望,颜色还好。近瞧,那么小,那么卑微,可能连自己都觉得没必要长得太清晰,以为世界对它没有要求,随便点缀一下就够了。但我此刻蹲下身,爱怜地抚摸它,一遍又一遍,像看到自己的兄弟。

沿阶草

空气湿润,乌云堆积于头顶。沿阶草一丛丛站在雨后的路边。这些最像韭菜的植物,没有韭菜味,叶片比韭菜硬实一些,边缘有细微的锯齿。山边地带人迹罕至,它们可以有所作为,散发点味道,呼喊几声,没什么要紧。但它们选择了另外一种方式:在众多"韭菜"中突兀地冒出一根茎,棕色,细如火柴棍,布满紫色的米粒儿大小的花瓣,整体上就是一根紫色花棒。初见,以为是一种单独的植物,后发现其实和那些"韭菜"同出一源,根紧紧地抱在一起。

那不同的一根，并没高于其他，将自己定于一尊。它们几乎一般齐。抬望眼，看到的是同样的远方。老天掉下来，一起被砸碎，没有"个高的顶着"这回事。其他叶片扁平状，它是圆的，并不特别强壮，没有营养都被它掠夺走了这回事。这一根茎的颜色，已超脱于他者，被众多的绿哄抬着，却也可以理解为是它们淹没了它，避免让它牵走所有目光。整体的颜色还是绿色。艳艳的紫，反成了点缀。

它只是所有叶片中的一个，不能确定为这一丛草的主心骨，却真的可以把这一群带向一个高处。有了这不同的一根，整株沿阶草便不再是盲目的乌合之众，不再以强悍的单一颜色对别人侵门踏户，不再动辄随风倒。

因此那些叶子不会嫉恨它，孤立它，甚至陷害它，而是精心保护着它。它们永远不随着它变成紫色，但会一直静静倾听它。

这紫色的茎，每一丛里都有一两根，高低各不相等，彼此看得见，呼应着点一点头。

通往山顶的台阶，因为沿阶草的存在而踏实和沉稳。沿阶草不自大，却是昂扬的一群，健康的一群。我多想与它们为伍，做叶子做茎，都行。

莲子草

莲子草又名节节草,绿色的蔓,一爬一大片。有的直立起来,如蛇攻击猎物。叶片瓜子儿状,长而窄,比较硬。茎蔓上,一寸一个关节。每一节上冒出一朵小白花,苍蝇大小。所谓小白花,就是毛茸茸的一个小球,摸上去有点扎手。

此物繁衍甚快,在农村常被当成杂草清除掉。在海边,见它们铺天盖地地蔓延出去。风吹过,气息空前清新。于兹,没人防备它们,况其既可固堤,又算美化环境。彼之砒霜,吾之蜜糖。而莲子草何辜,以砒霜喻之。其嫩叶可作野菜食用,亦可当饲料喂猪喂鸭。愿它们一代代繁衍,千万不要灭绝。万一有一天,人类吃不上饭,逃到海边,或可解一时之需。

人类的确有进步,但谁敢拍着胸脯打包票,他们没有那一天呢?

红毛草

不知这地势算不算悬崖。从技术角度讲,应该不算。

只三四米高，尚有一个较陡的斜坡。海风劲吹，但不会把人吹翻。人不小心掉下去，最多摔个头破血流，不致丧命。红土不太结实，猛踢一脚，尘渣乱飞。

坡的最上面，长着几株红毛草。其茎甚细，有韧性，风吹，只摇不断。叶细，也是避开风头的意思。头上长穗，如芦苇的穗子，但比芦花单薄。穗上的花（或者说种子）仿佛以毛笔作画时，随手带出，画虚了的那一笔。

选在这么个地方，似乎不是为了扮酷。虽然迎风而立确实帅气。红毛草还没奢侈到这个地步。光秃秃的地方，有利于把种子吹走。空中弥漫着生命的气息。它们飞到四面八方，繁衍生息。这是一个母亲的本能。陡坡上，风雨中，站满心事重重的母亲。

阔叶丰花草

和细长的山菅兰长在一起的阔叶丰花草，显得高大。和风雨兰长在一起的，就要低矮些，同风雨兰一样，尚不及膝。如此，谁都不挡对方的光。亦不会赫然突出，被当作出头鸟无谓地干掉。风雨兰茎软，阔叶丰花草更软，又细。叶子两两相对，长圆形，浅紫色的小碎花长在叶和茎中间。

花太小了,直径不过二三毫米,细看,居然还是四瓣。好在是一堆小花,总体上尚能显出个花的样子。

寥寥几株阔叶丰花草,夹杂在大片的风雨兰中,若隐若现。旁边的风雨兰,绿色的茎上,趴着黑白相间的虫子,约一寸长,一动不动。用枯枝扒拉一下,突然翘起上半身,吓我一跳。估计虫子也是被吓了一跳吧。

几株阔叶丰花草上并无此虫。谨慎猜测,它们吃毕风雨兰,有可能想换换口味,啃食阔叶丰花草。人为我食,我为人食。虽然虫子看上去很恶心,但这也是大家的命。它不吃就会饿死,花不被它们吃掉,也会枯萎也会痛。

离得那么近,虫子转身便可抓住它。

阔叶丰花草花朵闪亮,冷静地盯着虫子。

海刀豆

当一大片惊呼伴着海水一波一波冲来的时候,海刀豆心如止水,甚至生出淡淡的一声"呵呵"。已经不是第一次如此了。风一来,它略微从藤蔓上欠一欠身,表示听到了。这是基本的礼貌,也是必要的表演。每天反复若干次。

海水咸腥,扑上来退回去。"这是海边的花呀!"有人给它拍照，和它合影。铁丝网拉成的墙上，海刀豆爬满整整一面，还在不依不饶地蔓延。一面墙的叶子，新绿色，叶片近圆形，小孩儿的巴掌大小。浅紫色的花朵，极像一只蝴蝶，两瓣叶子如双翅，上边一瓣呈弯刀状，又似蝴蝶的身体，翩翩欲飞的样子。豆荚又厚又硬，比人们平时吃的那种豆角健壮多了，就吊在花朵旁边，丁零当啷的。

　　游人从自己待腻的地方，来到海刀豆提不起精神的地方。海刀豆每天强颜欢笑，伸胳膊伸腿。等那些人离开，就没头没脑地垂下去，磨着牙做一个糟糕的梦。它知道真相：游人把海刀豆当成唯一的花，其实再往里面走一百米就会看到大片植物与花朵。高处的海刀豆花，曾和远处的无瓣海桑、秋茄树、海芒果等打过招呼，海刀豆的浅紫和秋茄的白亦曾谈过恋爱。一面铁丝网把游客隔开来，近在咫尺也如千里万里。他们只看到一个舞台，便把舞台当作全世界。海刀豆不便说出舞台后面的状况，这是它的角色。否则，游客无所适从，甚至会因为真相大相径庭而不开心。况且，知道了又能怎么样？他们一定会继续坚持自己曾经的看到。

　　迎着海风，头发凌乱。这些来自平原的人，每天手中握着土，耕耘着土，土里生土里长，死后也埋在土里。此刻，他们被海刀豆唯一的美攫住，他们坚信自己死后会归于大海。

粉黛乱子草

乱草如发。乱发如草。草是大地的头发。有一种带"乱"之草，曰粉黛乱子草。

单独的一根，非常细，绿色的茎，上面是更细的，如头发一样的分支，粉红。细发上点缀着一点点稍粗的东西，似乎是花。整株草，手感毛茸茸的。拍照时，只见一团粉红色，雾蒙蒙。尝试凑近拍，后面的背景全都露出来，而主角总也进入不了角色。

它们细密如麻，每一根就是一个心机。风来，叽叽喳喳地说。路人只闻飒飒窸窣声，我却听到无限的人间秘密。关于战争与和平，关于发展和落后，关于悲苦和狂喜，关于男男女女。很明白，它们是专门向天上汇报的信使。几千年来，人们想当然地断定是灶王爷和灶王奶奶上天汇报人间事。那么笨重的人，怎么可能飞上天？上天耳聪目明，又何需真人到其面前。且，上方并无一个具体的神，而是一个巨大的信息接收器，根据下方发来的信息，做出自己的反应。

粉黛乱子草便是这具体执行者。它们并不掩饰自己的使命，也不在人类面前神神秘秘。反正人类解析不了密码，甚至懒得去解析。做都做了，还怕说？

到底是谁种下了它们？是园丁？是清洁工？还是人群中的心怀叵测者？又，即使他们不种，乱子草也会迅速繁衍壮大，蔓延至山林海角。人间信息太多了，一万两万乱子草根本汇报不过来。它们只能不断增加数量来维持正常运转。

迟早有一天，大地上除了人就是粉黛乱子草。它再细也能遮住人。

酢浆草

最早见到的酢（此处读作"醋"）浆草应是红花酢浆草。在公园草地上，礁石一样隐于海面之下。单独的一根茎，强撑着站直，长五厘米，手感稍毛茸茸。小花呈五角星状，红色，内敛。整株柔软。叶子自动地低于花朵，让花朵露出来。

那叶子一枚硬币大小，分三瓣，每一瓣又似对开的、粘连的两瓣，亦可把每一瓣想象成倒置的心形。

脑子里迅速闪出一词：三叶草。

那公园是我偶尔路过，具体地址记不得了。红花酢浆草也就见过那一次。

后在某单位门口见到另一种酢浆草，花为黄色，五瓣小花平摊开，如一个小小的风车，与前者有较大差异。但叶子酷似，也是三叶。

查资料，真有三叶草（喜其名字，有神性），爱尔兰人视为圣物。至于酢浆草与三叶草之区别，有人列出不同之处一二三，有说三叶草乃酢浆草之总称。另一种，则说，对于"真正"三叶草是哪一种植物，研究界至今尚未达成共识。我爱最后一种说法。它们本来差不多，拥有如此叶片者，如兄弟之血缘关系，又如高大的乔木都可叫作树，将之统称为三叶草有何不可？没有黑白对立，此亦可彼亦可，适当混沌，你可进入我，我可进入你，大家都不纠结。

但我也一直没有动笔写它们。在一个分工越来越细化，越来越讲求专业化的年代，含混处之，总不理直气壮。再一天，从那个单位门口经过，一片绿莹莹的酢浆草不见了。它们的消失，无声无息，于世界没有任何干扰。我若不看它，它本来就不存在。但我已为其付出了相当的想象和煎熬，而它们或许也在痴等我的描述，等待我对它的暗喻，等待一个人和一种植物之间经谁指示的联系。

我恍如失去了一个最熟悉的朋友，一道闪电在脑海闪过。

它的名称已不再重要，甚至性情也不再重要。它于我无害，姓甚名谁又怎么样？它是我沿途的一根草，是我目力所及的万物之一。我再也看不到它了,即使下次遇到,也已经是另外的它。那个它并不认识我曾经见到的和它们长得一模一样的"它"。

一片空地上,新翻的泥土散发出微腥的气息。

草海桐

海浪从远处跑来。近岸处,开始有了声音。哗啦哗啦。比呜咽大,比轰鸣小。在岸上附和它的,是草海桐。

滨海灌木,一人多高,枝干粗似小孩胳膊,圆而壮。叶片油亮、厚实,纷纷向上伸着,密集有序,好像佛手。海风勉强吹动它们。随着海浪的起伏,轻微起伏。

一坨坨绿叶中间,夹杂着白色小花,如藏在指缝里的宝贝。每朵五瓣,平摊开,每瓣瓜子仁大小,边缘有锯齿,手感较硬。但花就是花,再硬也硬不到哪里去。整朵花呈半圆形。在那种夹缝里,很难圆满。此为花、叶间的妥协。

这棵草海桐身后,几棵紧挨着的同伴。若跟班。镜头拉远,是一小片树林。更后是一大片。极目远眺,望不到边的草海桐,叶子挨着叶子,绿挨着绿。一棵草海桐,只是一棵植物。无数草海桐站在一起,变成了生命大合唱。

草海桐果实可食用，树皮可治脚气，叶子可治风湿关节痛。如它这般脾气好，人畜无害的，真不多。草海桐乃海边的草根阶级，金字塔最下面一层，经常被平均。如果说还有办法不让自己慢慢消失，那就是拼命繁殖。该物耐盐耐旱，抗风耐寒，混不吝，扎根就活。斗争成为反作用力，你消灭我越多，我的子孙后代增加就越多。人类越来越重视技术，忽视了生命的原始力量。繁衍是价值观，也是能力，一如蟑螂的迎风而长。不要小瞧一棵萌芽，生命不止，繁衍不止。只要同类在，希望就在。

近处，秋茄树、无瓣海桑、厚藤等滨海植物集结成片。草海桐向远远的空地跑去。不与人争，只和自己赛跑。它们把繁衍当成终极理想。

海浪似掌声。

薇甘菊

薇甘菊小巧、干净。藤类，爬在旁边的芦苇上。花朵如同韭菜花，是一撮小白点的集合，呈开放的穗状。叶子心形，顶端尖锐。与世无争的外表下，隐藏着酷爱杀生的心肠。薇甘菊所过之处，寸草不生，它凌驾于所有植物身上，影响其光合作用，致其无法繁衍生息，数量越来越少，某天终于绝迹。高大如血桐、紫薇、小叶榕，顽强如马缨丹、盐肤木、叶下珠，可爱如荔枝、九里香、铁冬青等等，皆伤于其手。谁也跑不脱，只能咬牙忍受着。

好在有人类介入。谁对人类有用，谁就应该活下来。搅局者出局。他们的手段多得多，只几个回合，一个岛屿的薇甘菊几近灭绝。剩下的仓皇逃窜。

午后阳光和暖。一条刚刚整治好的小河，流水潺潺，芳草萋萋。薇甘菊夹杂其中，偶露峥嵘。其他植物没有惊呼求救，薇甘菊亦未立马横刀。天下太平。

此时，空中传来布道者的声音。万物皆入睡，只薇甘菊仰头倾听。布道者确实就是直指薇甘菊一个。从天而降，空谷回音，和缓，冷静，鞭辟入里，就连睡着的植物在梦中都为之微笑，甚或流泪。关于仁慈，爱与死，关于杀戮与救赎，流血与和平，薇甘菊入耳入心，被那言辞的美丽打动。它心跳加速，甚至想把那些句子复制下来，用自己的花苞传播出去。另一方面，它又觉众多的道理，统统和自己无关，布道者所讲，乃另外一个世界的事情和主人公。自己是一个安安静静的美男子，只关心岁月晴好与否。身外的植物们，偶尔会给自己带来一点点悲伤，但慢慢消化一下也就是了。那个布道者的声音真好，应该让更多的人听到。让自己的忧伤,也在这声音里悄悄消解。

　　岭南的深秋,四季中最好的天气,万物的心都变柔软。仅存的这几株薇甘菊,自定义为虔诚的倾听者,柔弱的妥协者。它们在午后的阳光里伸展枝节,扎根,汲取他者的营养,悄悄蔓延,并坚信世界会更美好。

嘉宝果

　　嘉宝果不走寻常路。叶片对生,革质。树皮常常莫名其妙掉下来。有的高达数米,有的种在花盆里,但都开白花。很小的花,长在树干上,分辨不清形状,一嘟噜,一嘟噜,仿佛贴上去的,越看越生硬。远望,该树也有枝条,且茂盛。花朵这么干,总得有个理由。答案一,汲取营养更方便快捷。答案二,见识少,选择开花路径时,没找到参照物,以致成为另类。找到参照的都被参照物拐跑了。答案三,亦为我最相信的,舍枝就干,是为去接近什么。那里,有一个影影绰绰的目标。凡夫俗子目力不及,嘉宝花却可以看清。那个目标可能是一棵草,是一具死尸,是一个小圆点,也可能是一个我们想不到的东西。花朵不顾指指点点,跳到树干上。半夜起来爬行。永远抵达不了,却可以无限接近那个目标。花朵因此会更幸福和温暖，更加芬芳。

终于有一天，花朵凋落，结出一个个果实。先青色，后紫黑。圆如葡萄。那么多的"葡萄"，有一根枝条拽着，在风中晃啊晃，似更合理一些。现在的它们，密密麻麻贴在树干上面，好像一个人胳膊上长满毒疤，触目惊心，甚至有点恶心。

果实可食，营养价值高。花朵磕磕绊绊向前走的时候，给种植者一点甜头。而花朵还是花朵。果实是凝固了的花朵，此时它离目标应该更近了。目标越近，花朵（即果实）就越自由，你说它是黑的，它可能是白的和绿的。你说它长在树干上，它可能在腾云驾雾。你说它是圆的，它可能是方的。你所见到的，是你的目标。而它眼泪汪汪凝视的，是它的目标。那气息，它已经闻到。

阳台方寸间

离我最近的,是你的气息。陪我多待些时日啊,我会珍藏好附赠的每一秒。

茉莉花

在朋友的办公室里见到茉莉花，闻了又闻。真香。返程时，顺路也买了一盆带回家，放在客厅里。满室清香。香与香不尽相同。在深圳接触的花香，差不多上百种，均有微小差异，但我只能用一个笨拙的"香"字来概括它。怎么个香法，还得有心人自己凑到跟前去。

茉莉花的香味我最熟悉，少年时期常见爷爷沏茉莉花茶，那是京津冀一带普通人家的日用品。吾不爱茶，替爷爷泡茶，是为闻香。据说北人饮用的，多为南方运来的过期茶，为掩其劣，遮其味，覆以茉莉花。后，茉莉花喧宾夺主，独挑大梁。参加工作后，每年回乡都买茶给爷爷喝，记得买过玫瑰花和茉莉花的花瓣，喜其纯粹。如今斯人已去，吾亦深入中年。人生何其匆匆。

进入我家的这一盆，茎细而硬，叶子翠绿，一个一个白色的花苞，豆粒儿大小。第二天便盛开几朵，花瓣一层一层，计三层。白得令人心喜。至夜间，无人触碰，自己落在桌面上。另几朵已开的，细弱的花茎亦垂垂欲落。想起一个词：见好就收。绝不留恋。

捡起两朵茉莉花，直接扔到水杯里。整朵漂于水面，像小船一样荡漾。两小时后再喝，原先口感较硬的水，已变软、变甜。次日，乳白色花朵呈透明状，应该是里面的东西都被泡出来了。什么东西被泡出来了呢？幸亏身边没有科学家，万一他头头是道地讲给我听，那多败兴。水能将一物从花朵中带出来，这是神奇世界的一部分，无需解释。

从前听那首歌："好一朵茉莉花，好一朵茉莉花，满园花开，香也香不过它。"想当然地认为茉莉花必在室外。野外茉莉花高可达三米，想必花朵有拳头大吧，吾未得见，不敢瞎说。只知花随枝长，若我这般栽于花盆，手指肚大小也是够了。

又，歌中的茉莉花，圣洁、高远乃至不食人间烟火，最终还是落于寻常百姓家。无大悲大喜，大任务大担当，安安稳稳成为一杯茶的重要原料。像当年暗恋的少女，以为她会仙化为女神，后来嫁了个相对殷实的家庭，平平淡淡过自己的一辈子，这样也好。更何况，对这一杯茶，对这个家庭，确很重要。

蝴蝶兰

某年春节前,办公区域里摆了一盆蝴蝶兰。年轻花匠说,此花春节开得最好,烘托节日气氛。能用"烘托"两字,于他已很惊艳了。

根根独立的枝条上,叶子不多,主题突出,全部是淡紫色的花朵。肉厚,花瓣内敛,形似飞翔的蝴蝶,但并没飞走的意思,只是摆出一个姿势,固定于兹,稳稳当当,完全无需用一个花盆圈住它。

风来也不摆,挪动也不摇。如果世上花朵分阶层,蝴蝶兰一定是贵族花。高贵者,淡定,沉得住气。数月后,花瓣儿逐渐干枯。丧失了水分,基本的形态还在,不会委顿成泥,溃不成军。

一副生生死死不过如此的样子。

红掌

据说红掌只能看不能摸,一摸即死。莫非人的气息不适合它?那么,为何还要养它,在卧室里,在办公区里,在公园里。人来人往,岂不全是它的毒药?

应是出于对红掌的喜爱与呵护。幼时长辈不让摸这个不让摸那个,担心手下没轻没重,伤及对方,亦自伤。

红掌名"掌",其实心形,略似椭圆。形容为蝴蝶,也说得过去。绿色的叶子中,某一片叛变为红色。细长、淡黄的蕊,宣示自己之不同。

毫无戒备的伸展,那是善意、示好、示弱的伸展,仿佛一只猫或小狗,躺下露出肚皮,尾巴摇来摇去。

它绝不会突然打你一巴掌,即使你摸了它。

红掌革质,若塑料做成。越看越像,手感更像。我相信最初它的心是软的。被周围的环境威压,露媚态、显怪态,天长日久,越来越假,真话都像假话,真花都像假花。

番薯花

我一定见过番薯花。敝乡,华北大平原深处的一个小村庄,将番薯称为山药。红薯曰红山药,白薯曰白山药。具体怎么种的,搞不清楚。几乎所有农作物都是春种秋收。印象里,一条一条土埂上,山药蔓儿顺势爬行。若太粗壮,要被扯断,避免和地下的块茎争夺营养。山药蔓儿偶尔用来喂猪。后来得知其他地方有用来炒菜的,不免吃惊。敝地也曾缺衣少食，困顿不堪，为何没想到以此为食？

番薯花类似喇叭花，白中有紫，花瓣柔，风吹颤抖。花期不详。或者说，开不开花，长什么样子，根本没人关心。所关心者，番薯能长多大，秋后产量会不会高。

好多作物都是开花的。茄子、大葱、倭瓜、丝瓜等。我们凝视过哪个？任何无用之美，都成奢侈品。久而久之，忽略便成惯性。

落寞的花，一年年在孤寂中流逝。以至我的记忆里，印迹浅显近无。

倏忽多年。

友人在微信群里晒自己种植的番薯。照葫芦画瓢。一广口瓶，装水适量。瓶口置一洗净的红薯。一半在外面，一半在瓶中，底部触水。保持同样的姿势，天天换水。

一周后，上面钻出小芽，接水部分长出白色嫩须。随时间推移，芽长，嫩须长。幼时所见，山药蔓儿都是软趴趴的，在地上匍匐前行。这里是直的，剑一样刺向虚空。叶子像古代武器中的戟。再长，支撑不住，仿佛鞭子一样垂下来。更长，叶子枯黄。揪下一片，像拔下一根白头发，另一片又枯黄了。整个番薯都开始萎缩、腐败。

初，我还隐隐期待花开，弥补以前遗憾。如今看来，瓶中长出的番薯梗已经是其一生。

大家还是散了吧。

未来，独自一个人，走向大地，去找寻当年的番薯花。等到那一天，我一定坐在土埂上，不说话，久久地和它对视。

八宝景天

一丛八宝景天，围绕着中间一个圆点，向四面八方发射出去。因此，绿色的茎看上去都是斜的，长不到一米，若有机会，似乎可以更长，直插云霄。其叶片，厚而水分足，长椭圆形，有点像俗称的"多肉"。挤碎后，汁液抹到身上可以止痒。顶端一簇花，似半个绣球。又由若干豆粒般大小的花朵组成，白色花瓣，似五角星，稍微外翻。粉色花蕊完全吐露在外，以至喧宾夺主，整朵花均呈现粉色。

寒气从上至下笼罩过来，竭力要把包括八宝景天在内的植物压入地内。八宝景天的枝干如同伸向空中的若干只手，努力撑出尽量温暖的一块地方。这是华北的秋天，晨风刺骨，白霜轻披，地面干硬。全球变暖趋势越来越强，但冷还是冷。树叶们绿色渐消，抱紧身子。

此物在华北地区常见，是主要的绿化用植物，每年八月到十月盛开。盛开与枯萎，皆遵天时。我曾在深圳的阳台上见到过它们。那是春天，八宝景天在北方刚刚萌发，但它在南方潮湿的空气里开放了。不知道的，以为植物到了南方便无法无天，其实此亦遵守天时。

太阳花

台风来临之前的雨，像是隐藏着一种阴谋，一会儿大一会儿小，一会儿急一会儿缓，搞不清它究竟想怎么样。我把阳台高处的太阳花挪到地面，以免被台风吹落，惊醒晚上睡着的我。

太阳花，敝乡华北大平原上常见，生长在路边或篱笆根儿旁，与马齿苋是堂兄弟，长相差不多。高约一拃，花朵一个纽扣大小，稀里糊涂的一团。红、黄、粉几种颜色。阳光热烈时，花开放，晚上闭合，是太阳的忠实拥趸，故曰太阳花。命贱似野狗，对肥料和水都没要求，倒开得沸沸扬扬，故又名死不了。花十块钱从花店买回一盆，也不为解什么乡愁。或是怀旧心结。

太阳花没两天就谢了，每天无头苍蝇一样忙忙碌碌，竟来不及跟它详谈。只剩棕色的茎和肾形的叶子，均肥厚，一掐都是水。它们很快长高、变粗，最外围的几根拼命向窗外挣，显得不合群，极力撇开其他弟兄。幼年乘中巴车在乡道上行走，路旁的杨树都向外仰，几乎成V字形。好像中巴车放了个屁，它们捂着鼻子向后躲闪。太阳花与此类似。两天后我将花盆转了半圈，向外挣的那几根，成了向内挣。原先最里面的那几根又往外挣。如此轮换着转了几回，外围的那些茎都成了向外挣的样子，只有最中间几根不知所措，干脆一直直立。

某天早晨，发现谁在太阳花上面撒了一把粗石灰，茎上长出一些灰白的斑点，豆粒一般，似乎还有点毛茸茸。轻轻蹭一下，沾了一手。忽然意识到，这是传说中的介壳虫，在太阳花的茎和叶子上产卵，汲取其营养与水分。有的叶子已经变黑、枯死。细看那些虫子，好恶心。拿手纸一点一点蹭了几下，后来灵机一动，直接用手指去弹花茎。虫卵粘连得不是很结实，剧烈颤动下，纷纷落在花盆外面。随之落下的还有一些小叶。看着那些忽然动一下的虫卵，感觉肉皮阵阵发紧。

怎么弹都弹不干净。侥幸活下来的虫卵破壳而出，逐渐长大，在茎、叶之间慢慢地爬。略似潮虫子，但更蠢笨些。太阳花像是招了虱子，痒得摇摇晃晃。

台风来了。瓢泼大雨甩入阳台，把那盆太阳花冲得东倒西歪。我想，把它们种在外面，靠天吃饭，应该更好一些吧。

在我家中，它们遭受的苦难并不比外面少。

绣球花

绣球花由几十朵小花组成，长得像馒头，整朵蓝白色，圆滚滚的。每一朵小花指甲盖大小，四瓣或者五瓣，互相掩着一点，呈一个个的小碗状。叶子厚实，有非常明显的叶脉。我在机场见到时，并不期待它们从茎上滚落下来。穿着各色衣服的人来来往往，从早到晚人气不断。没有一个人会停下来认真打量它们，甚至斜视它们一下，但它们仍绷着身子，一动不动。这也许是花朵的集体性格吧。几万年了，从原始人到当下的所谓现代人，花儿们至今没学会如何从他们那里索来自由。当然，这更可能是人类的问题。

在一个空院子里，长在花盆里的绣球花，头上顶着阳光和水珠，让我见识了什么叫作灵巧。这几个花球，晚上一定会挣脱根茎，跳至地面，一蹦一蹦，在附近瞎转悠。它们跑到紫薇树上和皱皱巴巴的花朵聊聊天，又跳到池塘边与野姜花调情。野姜花自带香味。也许跑到草丛里追击老鼠，蹭得草叶哗啦啦响。绣球花憨憨的、笨笨的样子，挺讨其他花朵喜欢的。

人迹不至，所有植物都睁开了装睡的眼睛。

第二天。脚步声越来越近，或许是游人，或许是清扫工。绣球花刷地逃回到原来的位置。这么多年了，没有任何闪失。

蓝星花

咖啡店门口，花坛上，一丛丛蓝星花。花朵深蓝，卷曲在一起，呈倒锥形，藏在叶子中间。叶片长圆，小巧如豆，披灰白细毛，顶端有极微小的豁口。拥挤的叶片像是小嘴巴，在为花朵解释什么。

此花上午盛开，下午闭合。跟店铺开张时间相反。三次经过，都是下午。都是卷曲的花。生物之倔强，一旦成形，谁也说服不了。小嘴巴们叭叭叭讲个不停。蓝星花沉默始终。我凑近一朵花，几乎眼对眼。看见它的话藏在花心里，憋一个下午、一个晚上，明日天亮还是会说。

萼距花

路边密密麻麻长满了萼距花，紧贴着地皮，高不过十厘米，陌生人常误其为草。扒拉一下，会有点硬，方知是灌木。一株紧挨着一株，分不清枝条来自哪一个根系。叶子都非常小，略胜满地乱爬的巨蚁。紫色小花，跟叶子差不多大，花瓣抖抖索索，仿佛浓缩版的紫薇花。未开花的小苞，比米粒儿还小，黄色，星星点点，遍布其上。双手伸向萼距花，所到之处，叶片和花朵纷纷掉落。

余知，萼距花身量虽小，但皮实，耐热，且扦插生成，即，剪其一枝，插入土中，不久独立成株。何不扯一枝，回家种在花盆里。

想法萌动，心脏立刻怦怦直跳。不知道此乃人为种植抑或野生。即便是野生，也有自己的生命规律，不该被人为破坏；即便被人为破坏，也不该是我。自律来自家传，代代沿袭。一次和妻子在路边行走，见绿化带中有落下的莲雾，粉红，小巧，可人至极。左右无人，遂捡拾两个带回家，洗洗吃了，酸甜可口。第二天，妻子再不敢从那儿路过。"捡了两个莲雾像犯了好大的错。"

安慰自己说，又不是掰断其胳膊腿，萼距花既可扦插，扯其旁支，应相当于剪一缕头发。携其至他处重生，亦是助人为乐。无妨无妨。

忐忑不安回家，找到一圆口塑料瓶，装满土，将娇嫩枝条插入，浇上水，叶片亦淋一点，保持潮气。期待着，萼距花几天后慢慢苏醒,繁衍子孙,一而再,再而三,紫色满室。

结果是,很快它就干枯了,一副决绝的样子,头都不回。转眼过去半个月,我还没舍得扔掉。万一哪天它活过来了呢?或者它是在思考,到底要死还是要活。这个问题不想明白,不能贸然行事。

今天上午,我从花店里买回了一盆萼距花。满满的一盆,少说十多株吧。坐在沙发上,像看着自己的孩子,心里非常踏实。

小紫花漾出花盆,好奇地上下左右仔细打量。看到塑料瓶里那两根纤弱的枯枝,我似乎听到了刚进屋的这一盆发出一声惊叫。

蝶豆

西乡铁岗村,街道整洁。一幢三层小楼,乃打铁文艺社所在地。楼顶天台上,摆着一排沙发和塑料凳,访客随来随坐。秋日阳光,暖烘烘的,不再潮湿。一只胖猫躺在沙发上睡着了,发出呼噜声。不要轻易打扰它。曾经的流浪猫,因公司同事定点喂食,已自认为创始成员之一,脾气渐长。偶被触碰，弓腰炸毛，尾巴直竖，一副"不服就干"的架势。

初醒，它会定定地盯着楼沿儿四周的植物。随季节变化，那儿长出各种各样的花。此刻，蝶豆开得正欢。

这是一种藤类植物，茎细。小叶，两两对生。五个花瓣，深蓝，互相搂抱着，外三内二，皱皱巴巴，仿佛一只蝴蝶。万紫千红的花朵中，似蝶者众多。宇宙玄妙，动物和植物交互神似，绝非随遇而安，摸着石头过河，一定经历过各种推演，目标确定，一击而中。但到底是蝶参照了花，还是花借鉴了蝶，如同询问先有鸡还是先有蛋。不好说。

确定一条：蝶豆模仿蝴蝶，或蝴蝶模仿蝶豆，不是源于残酷的生存，而是为了好玩。蝶豆想，长成这样不错哦，于是变成了蝴蝶样。明天想，变成人的样子也可以，于是长出耳朵和头发，甚至神似王国华。王国华进门见一个王国华站在那里，定要搂着它自拍。

胖猫远远看着，眼神渐渐由暴烈转为慈祥。众人早知道，它是神派来督察花花草草的。无论它们以什么姿态呈现，都需与王国华琴瑟和谐。否则，胖猫不答应。

虎刺梅

多年前在长春居住，养过一盆虎刺梅。购自早市，柔嫩一条茎，放在窗台上，随时要死的样子。然而一年后，不知不觉茎壮叶绿，偶尔开些若隐若现的小红花。东北地区，室内有暖气，一年四季几恒温，盆中物开开落落，不随季节随心情。十来年间，盛开多少次，凋谢多少次，全不知道，也没人管它。只记得叶片卵形，不太大。茎有一尺多高，黑黑的，一个指头粗，从下至上，布满硬刺，单独的一根，擎天一柱。搬动花盆时，全株摇摇晃晃，像个站不稳的胖子。我要小心别让它蹭着，一蹭见血。

南迁后，虎刺梅被送到了妹妹家。苦寒之地，室内总需点缀一点绿色。品种、长相倒不特别挑剔。

再见虎刺梅，在深圳立新湖畔。种在地上的两大棵。枝枝杈杈颇多。大致分三部分，最下面，极类仙人掌的绿色根茎，三棱状，每条棱上都排列着硬刺。这一部分约一米高。其上，黑色的木质枝条，依然尺余，布满刺，摸上去扎手，不摸扎眼睛。枝条顶端为红色小花，两个半圆形的花片，交叉敞开着，成为一朵。四五朵小花又凑成一片。旁边伴有黄色的，更小的花，星星点缀。

凑近了看，黑枝条出自仙人掌茎，直观是，黑枝条硬插入仙人掌片,乃至有斑白的茬口。

比起当年室内物,生生多了看上去性质不同的下半部分。这大地上长出的东西,跟盆里养的,真是不一样。

瓶刷光萼荷

迷迷蒙蒙中,镜片裂成两半,是压碎,是摔坏,还是本身质量问题,搞不明白。一个似可明显追出原因的结果,实则有着无数的指向。不问最好。此时,一尺之外的事物都看不清。整个世界压迫着我。我对妻子说,刚配的眼镜,怎么就坏了呢。眼镜店太坑人。妻子说,我才查过这家店铺的评价,打分很高,拉不到底的好评。也许只是我们倒霉。

写下上面这段文字的时候,我戴着的眼镜完好无损,镜片干干净净。

镜片莫非在梦中坏掉了?我不敢确信自己写下这段话的时候,是不是在梦中;读者读到它们的时候,是否也在梦中。

我就是戴着这副眼镜,看到了人工养殖的瓶刷光萼荷。低矮的一丛草本植物。叶子长条状,手感似塑料,向内卷曲。有的叶片中伸出一枝细杆,杆的顶端是一个瓶刷一样的花。

瓶刷上插满深粉色的"火柴棍",火柴头是蓝色的,手感凉而硬。这是刷奶瓶用的。我家孩子小的时候用过,而我幼年没有用过,那时连奶都没喝过。

可是我的童年过去了吗?回忆一下眼镜,再照照镜子,想,也许我的童年还没开始。如果那个童年即将到来,现在的我,似乎有经验去承受和担待。

吊兰

吊兰花期已过。整盆吊兰,只剩一朵小白花,挂在纤纤的一根茎上。细长的花瓣,每一瓣儿都是米粒儿大小,平摊开。黄色花蕊从中间突兀而出,与花瓣垂直。小巧、精致。

其叶似苇叶,边缘白色,向内卷曲。密密麻麻,挤挤插插,于半空中迎风飘荡。南方的秋天,万物竞绿,终于还是在这飘荡中感到一点点凋零的迹象。

我爱这凋零。它是年轻和冲动的弥补。冲动越多,枯黄就该对应着增多。这里的凋零远远不够。更远的地方积压了凋零,却也没办法运过来。

此处和彼此,各按着自己的步调在渐渐变老。

高处的榕树上,两片黄叶掉落。斜躺在吊兰花盆里,挡住那朵花。

我拿走黄叶,把吊兰上的灰尘擦了又擦。很小心,就像静静整理母亲头上的白发。

吊兰又名桂兰,与我母亲同名。

独枝亦成林

花儿啊,躲到什么地方,我都能沿着绿色脉络找到你。只为说一句,好的,我懂你。

山茶花

这株山茶已经枯败，叶子半绿半黄，落在地上的花朵均辨不清模样，模糊成一团一团。再过些天，它们将腐烂成泥，在地下游动，通过根须变成数种植物体内的细胞。

整株一米多高的灌木，周围空荡荡。茂密的叶子深处，藏着一朵开得极盛的花。拳头大，碗状，花瓣层层叠叠，红中带白，中间是黄色的花蕊。手感硬。嗅之无味。它一定透过叶子看到了地下那些花，知道自己归期将至，你从它的外表却看不到半点悲伤，要不怎么如此靓丽，似有欢喜的光环。一片花瓣上写着祝福，一片花瓣上写着祈祷，一片花瓣上写着期待……它甚至迫不及待地要扑向它们。

这，迥异于故乡的山茶花。

稍具地理知识的人，听到山茶花三字都不会想到深圳。或是云南，或是杭州，或是苏州。江南好，风景旧曾谙，茶花在亭边。深圳市新安公园里孤零零的这株山茶花，与不远处散发着香气的桂花，叶子通红的石楠站在一起，它们都有一个原始的故乡，都是深圳的异乡人。而此时此地，越来越多的来客落地生根，新的价值观和共识正在形成。山茶和桂花互相观望、体会，小心呵护着刚刚妥协的成果。它们尽量不与故乡的亲人联系，以免脆弱的共识熄灭。

天将黑。夕阳沉沉落下，照见它们各自曾经的路程。山茶忍不住忆起当年如何在月光下扪心自问，如何背井离乡，走上漫漫的长路。不是深圳的金钱把它买来，是深圳召唤和收留了它。

桂花也是这样想的，石楠也是这样想的。站在路边，看人来人往，它们谁都不突兀。这块土地多了谁都不突兀，若少了几个，柏油路下的泥土就会耸动、焦虑和忧伤。土地需要更多的花。

山茶很想唱一首歌，就六个字，"归来吧，归来吧"。注意，不是"来吧，来吧"。

朱顶红

垂死的朱顶红状貌如下：整朵花瘦成食指长的一小条，好像啄木鸟的喙。颜色近似棕黑。一朵花全部垂下，一朵花垂下一半，一朵花摇摇晃晃，正要垂下。它们仿佛被押送的罪人，排着队向死亡的终点行进。空心的茎孤零零地站着，它的头上越来越轻，身体也开始变轻。

旁边唯一开得正盛的一棵，茎高不到半米，仍在深绿中。头上不成比例地顶着三四朵拳头大的喇叭花，分别朝着不同的方向。每朵花六瓣儿，洋红色。花瓣上有脉纹。手感水润。花朵大大方方，整体上却露衰相。花期将过，凡叫作朱顶红的，都逃不脱。

夕阳沉沉，光线渐暗。每一个路过的人，朝这边瞥一眼，都忍不住唏嘘两声。而我，已经蹲下来，默默为其祈祷。

周围的一点红、鬼针草开得正艳，它们一时半会儿死不了，有的是闲情逸致，花瓣均歪向朱顶红。它们的注视里，绝无人类的悲悯。对于朱顶红来说，败落是必然，亦是伤。能够坦然面对是一回事，伤的事实亦是一回事。一只猴子堪为幼子的夭折而向天哀嚎，却不会为一朵花的枯萎暗自神伤。如果一只猴子真这么做，它就不是猴子了。只有人会同情花朵，这便是进化。人类将若干情绪寄托于花花草草，有时显示为矫情，有时显示为滥情，有时也会爱错、恨错，这没关系，他们把自己和万物绑在一起，一定会因此丰富自己和万物的内涵，进而丰富宇宙。

谁都拉不住缓慢行进却力大无穷的时光。朱顶红在时光中逐渐消失，化为灰烬。在离开的路上，它们需要陪伴，需要目送。我代表全人类蹲下身，为其默念祷词。那些句子在我的心里，不能通过语言散播到空气中，否则将被消解。除我之外，无人知道那些内容。感兴趣的人，只需看我平静的神情和温和的眼神就够了。朱顶红走得安然、充实，地下有灵，当有所感知。

锦绣苋

远处人工栽种的大片绿色植物，高的高低的低，各自在风中舒展着叶子，形成一片崛起的风景。这些新贵，红色、黄色、蓝色的花藏在叶子中间，做妩媚状、呆萌状、深沉状。

锦绣苋从山边的石缝里钻出来，探头探脑朝这边看。石头灰黑，看年龄，一千年，一万年都不止，让我的想象暂停在一亿年吧！再往上延伸，脑子会受不了，就像幼年在乡村，深夜躺在院子里，看天空浩瀚，想自己渺小得连蚂蚁都不如，顿觉短暂生命之毫无意义。题外话：如果有机会仰望澄澈星空，不要盯得太久，若心神深入其间，定会心生绝望。

锦绣苋，高不及膝，茎不硬。花生叶腋间，乃一个个毛茸茸的小球，白色，手指盖大小，手感硬。叶片长条状，上尖下圆，稀疏得当。同一植株上，叶片有的是绿色，有的是棕色。以"锦绣"名之，或与此花色有关。它和身边的石头一样，经历了千年万年。它不是一代代繁衍至今。从萌发开始，一直活着。它的叶子上藏着无数的记忆，常常在雨水来临时有所显现。如同写在纸上的暗语，被水洇湿，就隐隐露出真相。这么多年，也没人注意，它仿佛有点急了。

一亿年啊，在宇宙中不过是一瞬。这期间，绝大多数时间都岁月静好，鱼翔浅底。忽一日，地球晃个不停，火山喷发，巨大地震，洪水泛滥，海底凸起为山峰，庞大的恐龙和草丛里的蜥蜴，毫无头绪地疯狂奔跑。一天之内就全部毁灭了。火山灰从头顶铺天盖地压下来的时候，它们该多么惊恐！它们灭绝了，而锦绣苋存活下来。它们惊恐的表情，正好投射在锦绣苋身上。两张叶子，一张是棕色，一张是绿色。一张是岁月静好，一张是惊恐。这样的幸存，孤独和无助，它一直要把那些故事讲给谁听。

黄鹌菜

黄鹌菜，我是在莲花山公园路边发现的。雨后初晴，地面潮湿。蝉声四起。前后左右，茂密的树木绿葱葱。

它孤零零地站在缓坡上，底座是几个舒展的叶片，一根细长的茎，高不盈尺，支起两根更细的枝条，呈Y形。一枝上面，四朵小花已绽开，黄色，伞状，楚楚可怜。另一枝上面的，含苞待放，摇摇晃晃，一直在和风闲聊。它最知道风的想法，属掏心掏肺的那种。

从哪儿来，到哪儿去？见到孤独的事物就忍不住问一下。黄鹌菜自然默不作声。天地之阔，容身而已。树再高，亦天下九牛之一毛。黄鹌菜富含粗蛋白、粗脂肪，还能治感冒，在贫困年代足可以救命。这也是一种大。

想闻闻气味，但它太矮了。我手摁泥地，趴下去，用鼻子凑近它。一股淡淡的蒿草味儿，细若游丝。跑步的人穿着短裤，低头看看我，呼哧带喘地一掠而过。我拍打手上的泥，蹲在那里不肯走。蚊子在我腿上叮了一个又一个包。

下次经过此处，我们就是老朋友了。如果它还活着。

狗尾红

狗尾红在等待风。

荒野山林里常见狗尾草。一簇一簇地先绿后黄，毛茸茸的穗子始终灰白色，似乎可以冒充麦子和稻子。它们结不出供人类饱腹的籽粒。如果能，也不会被蔑称为狗尾巴。其实那些穗子比真正的狗尾巴小得多，也比狗尾巴柔顺。狗尾巴邀宠时会摇来摇去，攻击时则绷紧、夹起来。

狗尾红是另一种植物。细小的灌木，茎木质，不扎手。叶子像榆树叶，有放射状纹理。顶部和狗尾草几同，三四厘米长，通红的一个穗子。突兀地变红，一定有它急迫的目的。

图什么呢？咱也不敢说，咱也不敢问。

无风的时候，狗尾红沉静如处子，一动不动。似无任何想法。

我知道它在等待着风来。每一个细胞里都是渴盼。风一来，它就有了方向。风让它往东，它就往东。让它往西，它就往西。想法也动起来了。让它点头，它就点头。让它摇头，它就摇头。风就是它，它就是风，和风粘在一起，无缝衔接。

有时，它摇晃的幅度比风还大。

这阵风走，它低下头去。我知道它不是在想念谁，而是在等下一阵风。风来，它的想法又与其粘连在一起，无需过渡。

它柔顺的红头发，早被我看透了。它装着没见过我，我也转过头去。

丝瓜花

丝瓜藤挂在一台木架上。背景天蓝，有云。木架似不是特意为它们准备的。这没关系，反正丝瓜花已经开放。黄色的六瓣，半个巴掌大小，花瓣轻柔，手感滑润，花蕊也是六条，各指着自己的那一瓣儿。叶片更大，像海星星，伸出一个个的触手。

丝瓜花并不比其他的花难看，起码可平起平坐，只因人类种它，目的性很强，为瓜不为花。一个有独立格局的物种光天化日下被迫隐身了。是的，如此被忽略者又岂止它一个。

丝瓜于我，是少年时能获得极少的几种蔬菜之一。不用撒籽，种上一年，便有掉落的种子经冬不死，第二年春来发芽，爬满院子周围的木篱笆。不用施肥，不用浇水，能不能活下来是它自己的事。盛夏成熟，清炒也可，凉拌也可，做馅儿蒸包子更好。鸟虫谁来谁吃，反正人也吃不完。丝瓜应该不止一个品种，均有棱，摸上去硌手。在邻居家见到的丝瓜与我家的略有差别。也许是水土不一样（甚至主人的性格不一样）影响了它们。

每年回故乡，问我吃什么，总说吃拌丝瓜。姑姑奇怪地说，这有什么好，又不值钱？且深秋已少见，偶尔寻到几条较嫩的，十分欢喜。其他挂在藤上的，任其变老，彻底枯干，稍加处理，可用来刷锅，好用。这个过程，没花什么事。它只是必要的，却完全被忽略的一环。

今天，这排铁皮房旁边的一架丝瓜花惊着我了，我不敢去想象未来丝瓜的样子，只定定地盯着它们。背景广阔。一藤的灿烂，披荆斩棘。尽管它旁边的铁丝上挂着水淋淋的衣服。有民工陆续从我身边走过，其中一个工头模样的人，犹疑地问我要干什么，我说没事，随便看看。他客气地说，这是我们施工重地，不好意思，请你理解。

我慢慢地走开了。回头，晾着的衣服上，一滴水正掉下来。我似乎听到了沉沉的啪嗒一声。

海芒果

海风吹，满头汗水顿消。海风吹，隐隐清香袭面，海水的腥味也遮不住。

前海湾，珠江口，我见到了海芒果。像树不是树，像灌木不是灌木，介于二者之间。丛丛密立，高可盈丈。离荡漾的大海三米远。下面是乱石，无处下脚。水中站着一辈子都走不出来的红树，它嫉妒逃到岸边的海芒果吗？

窄叶油亮，密密麻麻，衬托出一朵朵精致的白花。五瓣儿，极像旋转的风车。更奇者，蕊中粉色打底，内有一微型黄色风车。不知是花瓣风车孕育了蕊中风车，还是蕊中风车延伸出花瓣风车。

其果实，绝类芒果，或因在海边，故命名为海芒果。

余素闻其名。该物种浑身上下，花、叶、果实、根茎，均有剧毒。误食，死亡概率很大。某年，新闻里的标题是某某海边"惊现海芒果"，以此提醒不知底细的行人和游客。

海芒果旁边，各种植物生长茂盛。有邻若此，似乎也没什么大不了的。

田菁

我没有见过大片的田菁，也不想见。独立的一丛田菁就够了。在河畔，一望无边的青草地上，它们鹤立鸡群。一米多高，羽状叶片，透气、透光、清淡、疏朗。大片的绿叶，常令我压抑。越大，我越紧张，也不知道为什么。田菁之纤细，花朵亦为一证。形似豆荚的黄色花朵，瓜子般大小，若有，若无。

第一次见，晴朗白日，天蓝而阔。拍照，几不见田菁。

绿居然可以隐身于蓝色,是蓝有魔力,还是绿太无力?它们相互揉搓多长时间才有此结果?下一次见,同一个地方,同一棵田菁。阴,天变灰,背后隐藏着千军万马,没有出击令,都隐忍不发。拍照,天灰而肃,几不见田菁。至于人行道上的树,沿河郁郁葱葱的草,更轻松将田菁淹没。不仔细看,真找不到它。

民间传说中有一种隐身草,人躲在后面可以看不见身子。我怀疑说的是田菁。本身能够以有隐于无,藏于其后的人自然得逞。其隐,是对自己有信心,还是没信心;是开心,还是不开心,不得而知。或者这也是智慧之一种吧?

两次都见到一蹒跚的身影。他偶尔坐在河边的石凳上歇息。典型的本地人相貌,瘦弱,个头很矮,头发花白,面色红润。远处的楼群一个挨着一个。这些土地曾经有一部分是他的稻田,弯着腰割稻时没想到后来是这个样子。其后半生和前半生几乎割裂。大量涌入的人口,浪潮般把他和他的亲人盖住。他们甚至连自己的方言都不能保全,普通话已成最大公约数。谁还在乎他的忧伤和怀恋呢?那个老人,面向田菁,容色平静。其情,似有,似无。

垂序金虎尾

"尚书吧"门口有一棵树,高约一丈,树叶厚,一拃长,半拃宽,茂密但不足以遮阴。天空蓝中透白,阳光直射。如果拍下照片,朋友圈里一定称赞"天气真好",我身处此地,实情为"天气真好热"。

树上长着黄色的花朵,像一条尾巴,直直垂下,上粗下细,在风中微晃。网络搜索,出来几种结果,都不像,后问专家,知道这是一种较为珍稀的植物:垂序金虎尾。

"虎"字令我振奋。各种动物的尾巴都有用,牛尾如蝇甩子,驱赶身上的蚊虫。狗尾摇摆以邀宠,或者夹起尾巴逃跑了。兔子尾巴长不了。老虎尾巴最从容,自自然然,战斗时甩起来犹如钢鞭,平和时垂似老人胡须。

这光秃秃的广场,这没有传说的城市。我抬头望树,那里应该隐藏着一只老虎,尾巴不小心露出来。哦,它不是隐藏,是站在那里眺望。身子背对着我。

刚好读到诗人远人兄的诗《有一只老虎走在路上》,有如下句子:"我想象它踩裂石头的样子/想象它用尾巴扫荡空气的样子/想象它张开布满牙齿的嘴巴里/吐出一条长满倒刺的舌头。"他看到的老虎,与我看到的,可能是同一只。

牵牛花

华北平原上有个村子，乃吾故乡，秋季村中最显眼的植物是牵牛花。

家家户户门口或者墙边，常堆放着一堆乱柴。那叫一个乱。有的干枝几乎搭到旁边的墙上，正好为牵牛花提供攀爬便利。其藤如蛇，蜿蜒而上，也不嫌扎得慌。原本闹哄哄的一堆，被拥挤的绿叶子覆盖，成为另一种事物。

叶子上面跃出几朵花，喇叭状，故又名喇叭花。颜色以紫红为主，兼有蓝色、绯红和粉红。村庄曾经鸡飞狗跳，人丁兴旺。一千多户籍人口，如今常住的老弱病残不超过三百人，以后只会越来越少。大家看清这个趋势，更加争先恐后地搬走。喇叭花让这个日渐衰败的村庄显露出一点点生气。在初秋的午后，顶着阳光，对着旁边睡觉的老母鸡吹出呜呜的声响。

每年探亲返深，我都会捡几粒种子。豆粒大小，像小地雷，黑黑的。种在花盆里，凡三种方式。

一是扔进长有簕杜鹃的花盆里。簕杜鹃是粗壮小灌木，撑满花盆。俯视着这个入侵者，如猛虎俯视吉娃娃。牵牛花瘦瘦弱弱，长到一手指高便停住，似乎不敢往簕杜鹃身上缠绕。合理怀疑，簕杜鹃半夜薅着牵牛花的脖领子狠狠揍了一顿。牵牛花不但把汲取的养分都吐出来，还保证改变生活习性，不致影响到这位高大室友。

其二，在一花盆里单独撒了几颗种子。牵牛花长出两棵，顺着阳台上的不锈钢栏杆，一路向上，差点爬到顶上去。在深圳这酷暑似的秋天，开了零星两三朵花，手指肚大小。但它们依然让我感受到了原始之美。深圳的花太多了，有一些，外表形似喇叭花，黄蝉、紫蝉、五爪金龙等。窃以为它们都是在牵牛花的基础上创新、发展起来的，牵牛花乃吾之原点，其他诸多事物只好随我。

或是水土不服，牵牛花刚一绽开便枯萎了，又黄又干，也没来得及打籽，被岳父一把一把拽下来，扔进垃圾桶里。

最后一种，种在卧室花盆内。嫩芽钻出土后，左顾右盼，无处攀爬，仿佛被人骗到悬崖边，扔在那儿，却不指给它一条路，不管不顾地走了。及后，戏谑般地插了一根筷子。牵牛花貌似不情愿，抱住那根筷子，向上爬了几天便到头。再几天，死掉了。

这几株牵牛花，终生都不知道其祖上在遥远的北方，曾有过富足而自由的生活。当然，它们也不会将此视为艰辛。没有比较嘛。

蓝蓟

漫长的居家结束了，憋在家中的人们约好了一样，在这个周末集体出游。我和妻子开着车先到深圳湾公园，停车场已满，出一辆进一辆，门口堵出一里地。再到人才公园，差不多。转往荔香公园，排队的车倒不多，但十分钟也出不来一辆。想起宝安图书馆旁边的"四季花海"，春节前曾去过，一望无际的波斯菊，矮的过膝，高的及腰。黄的红的白的蓝的花朵，像一只只小蝴蝶乱飞。人行其中，真如画中游。那里好停车。于是前往。

应和居家的人们一样煎熬。再见时，波斯菊死了大半，也不知是寿终正寝还是疏于管理渴死的，抑或兼而有之。花朵失了颜色，茎的最上端，黑乎乎的一团，骷髅一般。一棵挨着一棵。其惨烈，仿佛生死搏斗之后的战场，暂时无人打扫。海边的风空空荡荡，掠过花田，如掠过坟场。漫步其间，我低头，向它们一个个致哀。似乎它们的离开是我造成的。

在大片的尸体中，我发现了一株开得极盛的蓝蓟。

蓝蓟，草本植物。主茎细如小手指，有三十厘米高，躺倒在地，已变黑，恰似多年前农村孩子冬天挨冻后手上长的皴。枝条根根竖立向上，与地面垂直。主干的方向与其无关。蓝色的花朵,像一个个小喇叭,五角,柔软。叶片长条状,毛茸茸的。

在这成千上万漂浮的灵魂中,蓝蓟是唯一把持住肢体的植物。用顽强来形容它,一定简单粗暴。它也许就是体质好,也许它脚下的土地最湿润,更也许,它也行将离开,此时正在回光返照。但有一点可确定,它在等待人们到来,并且等到了。

我蹲下身,定定地望着这不多的几朵蓝蓟花。花朵一颤一颤,仿佛问,来了?我答,来了。

然后就没话了。鬼使神差的,天上落下一滴水,也不知是什么水,在花上顿了一下,落在地上,仿佛一滴泪。

柠檬花

羽毛球像一道闪电,在我背后刷刷地闪来闪去。我看不见,却能感觉到。一花甲老人,一十几岁女孩,分别站在我左边和右边,手中的拍子轮番啪啪地响。时间:下午三点。地点:某小区楼下。我面对着的这株柠檬,也许就是他们种的。他们只顾打球,根本不理我。

该植物灌木状,叶子有点钝钝的圆。高不过膝。细细的花瓣，形似瓜子壳，白色，四瓣儿或者五瓣儿，黄色花蕊，峻峭（非俊俏）地开放着。手感很硬。

我凝视，貌似发呆，其实内心活动挺多，主线就是盼着花朵尽快掉下，果实尽快萌发、长大，天黑之前我要带走它。

约二十年前，余在东北某城一街头小馆吃饭，服务员给亮晶晶的玻璃杯子里倒上四分之三的清水。饮之，口感清奇。没忍住，一口气喝完。仍不明所以。应该不是放了糖，也不是放了醋和茶，更不是放了花瓣。狐疑而不问。一两个月后才晓得水里挤了柠檬汁。"柠檬"，此二字我莫名喜欢。非水果，胜似水果。迁居南方后，经常买柠檬，十块钱一包，三个或四个。晚饭后切一片扔进水杯，白开水，硬泡。吾无记性，每次用完一个，剩下的就会忘记，直到放坏扔掉。真是暴殄天物啊。所以今天我决定就等这一个，不要第二个。

这么小的一朵花，可以变成坚硬的一个柠檬，造物主真有魄力和想象力。若摆着尾巴的小蝌蚪可以变成四条腿的青蛙。若两条腿的笨拙的我，有一天会肋生翅膀在天空飞。

具体到这颗尚未得见的柠檬，含糖量顶得上好几根甘蔗，酸度可顶五瓶子醋，如此浓缩能力，若是作家，一篇文章可搞定别人二十本书方解释得清的道理（当然，挣的稿费就少了）。

柠檬花如我一般静止不动，其实也有看不见的活动。花柄下一根细长的管子，深扎地下，正用力从土地中拽取需要的营养。土地多丰盛啊，又大度又包容，仿佛说，来吧来吧，要多少拿多少，全部拿走。这几朵小白花有如神助一般。它知道，拿得越多，对土地就越是尊重。它不是平白无故地拿走，饮用了柠檬水的人，最后还是要把汲取的都还给土地，甚至加倍还回去。土地没亏。

距天黑还有一会儿，我不着急。花朵现在一点变化也没有，傍晚我离开的时候，它会保质保量交给我一个圆滚滚的柠檬。这次我要珍惜它，一天一片，彻底饮完。把土地通过柠檬送给我的，完全消化在自己身体里。如果柠檬花多结出一个，我就送给身后那两个打羽毛球的人，他们从始至终都不打扰我。

翅荚决明

翅荚决明站在山坡上，上不去，也下不来。这种小灌木应该很会扎根吧！一辆挖掘机轰隆隆驶过，地面震颤，碎石渣刷刷滚落，翅荚决明身子绷直，紧紧抓住周围的土。广阔的坡面都在它的手中。

别让拗口的名字遮挡了它的美。其花朵整体上像个稻穗，若干小花苞组成一个上细下粗的圆锥形体。秋天的稻穗低着头，而翅荚决明的花朵直通通向天，金黄金黄的，又如同地面向天空发射的黄色炮弹。一天天瞄准，永远不肯扣动扳机。

几只淡黄色的蚂蚁，细小的一阵风即可吹走。它们颠簸着身子，在花瓣中忙忙碌碌地爬来爬去。时而抬起头，头部微微颤抖，猎犬般打量四周。随后，钻入花瓣深处。

另一个花穗上，两只黑色的小蚂蚁，触角碰来碰去，半天没走。我站在远处打量，担心自己浓烈的人气搅扰了它们。我若是俗人，定以为这些害虫侵犯了美丽的植物，奔过去将其捏起、丢落。岂不知，那是花朵专为蚂蚁搭建的楼房。不仅仅是蚂蚁，还有不知名的小虫，小虫的亲戚和朋友。蚂蚁和小虫身上还有更微小的生物。余肉眼凡胎，亲见有限。它们和它们，子子孙孙，繁衍不断。在柔软的家园里，经历一生中必需的酸甜苦辣，爬过一生中无数的沟沟坎坎。

一花一世界，不是说着玩的。真的有一个世界。

细嫩的枝干撑起悬崖峭壁，凹凸有致的花瓣儿形成百年基业般的房屋。翅荚决明选择斜坡,远离人群,只为让这世界按照生老病死的规则,按部就班地悄悄演进。

含羞草

　　太阳还没出来,晨风微凉,我在人行道上小步慢跑。迎面遇到一只长毛狗。狗说,早啊,王国华。我点点头,笑了笑。

　　有一个人,在空中飘着,他冲我挥了挥手。我仰头挥手回应他。他落在树顶,端坐下来,向更远的地方眺望。似在等待谁。

　　再往前走,眼看着一棵树苗从路边钻出来,迎风而长,也就十几秒的时间,已经一米多高。我走到跟前,听它在自言自语,哟,好像长错地方了。然后又眼睁睁看它慢慢地,慢慢地缩回泥土中。那儿平整得连个疤痕都没留下。

　　这些场景会在我的生活中发生吗?

　　我的场景是固定的。道路平直,不会按自己的喜好今天弯过来,明天绕过去。动物说着各自的方言,没有一种统一的交谈方式,连喊疼的口音都不一样。雷声总是单调和突然。如果像音乐一样婉转,一下雨,天空就传来音乐,雨越大，音乐越优雅，不也是一种选择吗？

人类创造了一个生硬的世界，把自己圈起来，还洋洋自得。他们将自己不理解、看不到的事情定义为奇迹。神躲得远远的，想靠近却无法靠近。人类越来越封闭、孤单，也越来越不在乎神的存在与否。

傍晚，在路边看到含羞草。我已经走过去了，想了想，又转头回来。

蹲下身，在茫茫一片黄色的蟛蜞菊的小花中，有几朵紫色小花，毛茸茸，绒球状，手指肚大小。柔弱的茎条上，长满了细密的小绒毛。低至脚踝。之所以注意叶片，是因为它，含羞草。绿羽毛一样，一支支分布于花下，看上去颇秀气。我认识它，却没想到在这天将拉黑之时，在人迹罕至的山脚下和它相遇。

一碰它的叶片，就卷曲起来。人们本能地说它害羞。此前遇到所有的树叶，你用棍子抽它，用脏手揪它、撕它，它坚决不回应。活死尸一般。而此刻，我的小拇指触了它一下，之后再没收回。它的叶子稍微有点潮湿，把我的手指轻握在当中。我整个身子都悄悄战栗。这盈盈一握，让我听到了叶子的心跳，由此也确认了神的存在。

山菅兰

看到山菅兰这个名字,想到一词:草菅人命。

圆形小果,珠子般大小,蓝色,露水照得晶晶亮。如果没有它,山菅兰就是一丛其貌不扬的野草,叶片似芦苇,长条,边缘锋利。纤细一根茎,支起黄色花苞,似有似无。

山风微吹,果实摇摇晃晃,触目惊心。似在提醒,本品全身剧毒,人畜误食可致死。

一点红

兄弟分家时,它只分到了一点点红,所以起个名字叫"一点红"。为何其他花朵能分到那么多红,在藤条上,在枝头,以至洇透了天空,而它抱残守缺,星星点点,孤立于山地?

四下看看,没人回答这个问题。也许世间一切自有安排吧!

纤细的茎,支起一个圆柱形的花朵,类似农村老太太缝补衣物时用的顶针(但要小得多),花萼几乎将花朵整个包住。一根,一根,都很直。远处的大红花逼视着它,似乎想说点什么。抑或已经说了,反正我没听到。

一个"红"字，至少有一万种指向。一点红的红，介于粉红与紫红之间。小巧到惹人怜。

开小花的，不敢逞无用之美。要么浑身是毒，如蛇吐信。要么累积养分，增加用途。一点红属后者。其叶其芽，"可炒食、作汤或作火锅料，质地爽脆，类似茼蒿"，兼具药效，"清热解毒、活血祛瘀"。言外之意，我这么可爱，总得让我繁衍下去吧？

蓝花丹

蓝花丹一元硬币大小，无味，五瓣儿，浅蓝色，十几朵团簇在一起，呈半圆状。叶片卵形，与花朵差不多大。

花瓣儿棉纸一样薄，手触上去柔若没有。阳光极辣，似一万根钢针从天而降。花朵无一发蔫和褪色，更无退出者，反集体跳起舞来。体内水分几近于零，便无把柄可捏。细察任一花瓣儿，都放松、轻快、开朗。滥竽充数者，并非能力不行，是不开心。而这么多蓝花丹，全部是开心的孩子。

风吹来，花朵上下左右摇摆，稍显笨拙。神若精细化管理，就该在每朵花下面安一小轴承，迎风转动，风车一样。想象一下那画面，无数的花朵可以选择以自己为轴心转圈，多么惬意。将此想法告诉一女孩儿。女孩儿说,可惜神不会这么做。我说,会的,他还没来到这里。

几株蓝花丹开在一家名为"粤文"的幼儿园里。几个小朋友排成四排,站在门口的阴凉处,穿着表演服正认真排练。她们就是神派来打前站的。

重瓣臭茉莉

重瓣臭茉莉,半人高,大叶,心形,一片叠着一片。从下至上,密不透风。叶子上一个一个小虫眼。没看见虫子,看到星星点点的虫子屎落在地上。经常遭受虫害的植物,都比较善良。它们给虫子提供居所,还舍身饲之。然后,自己的伤痛自己疗。

最上面,一堆小花。每一个放大,就是一朵活生生的白茉莉。十来朵一元硬币大小的茉莉,组合成一片大的花瓣。远望,是一朵花浮在绿色的水面上,始终那样漂着,水涨船高,沉不下去。

见了被称为臭的植物,我总忍不住去闻一闻。追腥逐臭或是人类的潜意识。臭与臭有所不同:骚臭、腥臭、恶臭、微臭……多数都相近,因为闻的人不会特意去区分其差别。

鼻子凑近，噢，臭，赶紧挪开。

重瓣臭茉莉整体散发出一种不太好闻的味道，但离"臭"还有一定距离。命名者二元对立，非香即臭，扣一帽子，被命名者无从解释，只好戴着。异味似来自叶子。闻那花朵，有一股浓郁的甜香，遮不住异味，但真的是香。仿佛在贫寒的家境里，出息了一个好孩子。

蔓花生

一朵极小极矮的黄花，矮到我得跪下去，俯身才看得清它。一朵花只有一片黄色的花瓣，凹形，内有一凸起的花蕊，亦黄色。长宽各不到一厘米，薄薄的，无味。说它像一只蝴蝶似乎也可以。叶片白天张开，晚上七点后会闭合，回味白天经历的人和事。

一根像线一样的细茎支撑着它，在微风中摇曳。细茎居然不断。造物主巧妙搭配——一只灰色的蝴蝶在大片黄花丛中飞来飞去。蝴蝶和花朵差不多大。这样小巧的蝴蝶。难以想象硕大蝴蝶飞翔时带给它的威压。

蔓花生和各种各样的杂草生长在一起。你中有我，我中有你。不明就里者，常误以为其他杂草的叶子是蔓花生的叶子，因为杂草叶把蔓花生圆润的小叶子给掩盖住了。

两片枯黄的榕树叶，落在草丛中，仿佛大船泊在了小人国的岸边。蔓花生的花朵们，只要自己想通了，随时可以登船漂走。

蔓花生，比花生多一字，叶片、花朵、根茎，也真像花生。唯地下没有果实可以期待。它们很矮，始终还没像花生那样矮到地下去。

番石榴

番石榴长得像梨，刚摘下时呈绿色，表皮疙里疙瘩，口感生硬。放一段时间，变软糯，气味随之变大，怪怪的，说香不香，说臭不臭。有人就好这一口，吃一个还想再来一个，比如我。番石榴里藏着若干米粒儿大小的籽，硬如石，因软糯放松警惕的牙齿，常用力过猛被崩坏。名中加石榴两字，或跟籽多有关。

其树自然高大。我所见到的番石榴，却长在花盆里，与众多的小叶紫薇、簕杜鹃"排排坐吃果果"，置放于大太阳底下。灌木一样，质感硬。叶子浅绿色，长圆形，脉络清晰。白色的花，大小、形状，均似蝴蝶。五瓣、六瓣不等，瓣片薄,稍内敛。一丛毛茸茸的花蕊几乎盖住花瓣。凑近闻,有香味儿。

番石榴的花,紧挨着叶片,一点都不默契,像两个不搭调的事物硬凑在一起,又像花朵自上面掉下,落在叶子上。

吃番石榴的时候,从没想过它的花是什么样的。现在见到,又马上诱出果实的种种信息。果实永远盖住花的风头。幼年在华北,村子周围种满杏树,杏花粉红杏儿黄。鱼和熊掌不可得兼,肯定取杏而舍花。家中还承包过苹果园,品种涵盖国光、黄元帅、红香蕉等,年年果实累累,花朵什么样,完全不记得。临近的村子梨树成片,据说梨花白得神奇,亦未亲见。想来橘子、橙子、西瓜、桂圆、荔枝等,都该开花。所有水果店旁都该配一个花店,卖各种水果的花。买苹果送苹果花,将一种水果的童年和壮年打包带回家。

皇冠草

溪水,踏脚石,鸟鸣,树荫,如此一一罗列,夏天就不那么溽热了。

水中还应该有些点缀。不可是鱼。这是人造的溪水。有雨时,雨水潺潺流淌;无雨时,哪里来的水?不敢想。

鱼在此中，成长与繁衍难免受伤。

于是就有了这种名为皇冠草的水草。也是人工养殖，底座还留着明显的痕迹。

浅绿叶片宽大厚实。茎有棱，斜插于底座，朝向四面八方，每一根都清爽。或是中空，禁不住风吹虫嗑，以致有几根上半截折断，怏怏垂下头来。

其花，捆扎于茎的各个关节，黄色花心，三个白色花瓣儿围成圆形，稍微内收，像浅碟子。花瓣儿薄，总处于抖动状态，无风也抖，好像知道风早晚会来，还不如自己先抖着。

皇冠二字用于这株舒朗植物稍显牵强了。既缺少强大气场，也无阴森的威压感。鹤立于若干水草中，或还显著；置身于万千植物中，便迅速泯然众人。白衣白帽者，更像是个落魄公子，保留着原来的名号与做派。《锁麟囊》中水灾过后的薛湘灵，华衣丽服换成蓝布裹头，便像换了一个女子。

所以，它应该还有另外一身装束，暂时被谁没收了。天上一日，人间千年。某一天，皇冠草悄然换装，水体整个都要为之爆炸。只是，那个时间点，我们赶不上了。

睡莲

躺在床上,伸平四肢,感觉自己成了一棵睡莲。池塘中死水微澜。

我的叶片纯圆形,圆规描出的圆,边缘凸起,像巨大的浅碗,正面绿色,背面棕色,一个挨着一个。游人看过去,互不牵连的叶片一张一张浮在水上,其实下边各一条茎,将其紧紧拴在深泥中,固定于水面,以免风来吹走它。另一边,我的亲人,同是睡莲,身形有差异,纯圆叶片,无凸起边缘,却有一个V形的缺口,仿佛谁拿剪刀剪下一块。

昏昏沉沉中伸出一条胳膊在空中,变成了睡莲之花。花朵二至三层,每层花瓣若干,稍尖锐,张开,粉红色。亦有蓝、紫、白等色。只手向天,似承接甘霖,又似问谁索爱。该姿势必是总结了人情种种,不卑不亢,不疾不徐,穿越高山莽原,大漠碧海,落定于这一方浅水中。

但这是在白天。

到了晚上,所有动物和植物都有所收敛。而我是直接睡去,花瓣闭合,转换频道,进入另外一个世界。

小沈阳在小品中说,眼睛一闭一睁,一天过去了。眼睛一闭,没再睁开,一辈子过去了。其一种含义为:明天是今天的接续。其实不然。睡过去就是睡过去,走出来便是另一方向。就像童年在村中小巷里绕来绕去，没有一次原路返回。睡觉前，心中漾着一汪喜悦，醒来之后，洒了一半。睡觉前，肩上扛着一袋子烦恼，醒来之后漏没了。那个闭合的晚上，是一段路程，是短暂的一生。梦醒，天亮，鸟鸣啾啾，晨风一遍遍撩开水面。我睁开眼。这一个白天，乃是进入另外一生。

所有的生物都一样。包括睡莲，包括人。萌发成芽，渐渐长大，傲然立世，到垂垂老矣，以致腐烂成泥，经历了一生又一生。腐烂之后，还有其他形式出现，又是一生又一生，无数的生生世世。连灵魂都只是变化中的形态之一，而非终结。没有永远的消失和灭绝，即使被烧毁，粉碎，飘散在空中。

只要白天黑夜不停轮转，只要宇宙还在。睡莲都在。

米兰

花朵极像小米粒。不是像，简直就是。

这么多的小米粒儿也能凑成一朵花，造物主多么富有想象力。或两两对称着罗列于茎，或团簇于顶端。叶似芭蕉扇，以绿衬出小米粒的金黄。这种带香味的植物叫作米兰，确是名副其实。

能够从小米粒中看到花,亦是观望者的造化。万物之形,生于目而成于心。

大到极致令人瞠目,小到极致让人生怜。米兰选择了后者。其实它也想长大。米兰亲口告诉我的。在花坛边,六月的风带着湿气。我和它们对视,它说我听。看似特立独行的它们,一辈子的努力,就是像其他花朵一样,平静而庸常(它当下的平静里潜伏着躁动)。有大朵的花瓣,不论颜色,红黄白粉蓝,随意。有花蕊,多多少少无所谓。风吹时,雨淋时,可以装模作样地颤颤巍巍。

远处的花朵就是这个样子。

米兰们用自己的香味儿结成一条绳子,慢慢爬向对方。或许要从那里汲取能量,或许是套套近乎,或许什么都不为。但爬到一半的时候,路人从中间穿过,路人的气息太重了,刀子一样将其割裂。

那些黄色的米粒儿,用手轻轻一碰就掉。我碰了两个,不敢再碰了。它们在枝上待着,总还有希望。掉下来就是另一个方向。

我为米兰祈祷。看它们走在悬崖边上,一边是削尖的峰峦,一边是深不见底的深渊。越小越安全。远处传来隐约的歌声。

六月雪

法场上，窦娥哭叹："地也，你不分好歹何为地。天也，你错勘贤愚枉做天！"遂发下誓言，刀过处头落，一腔热血无半点儿沾在地下，都飞在挂起的白练上。另一桩，六月三伏，天降三尺雪，只为遮掩了窦娥尸首。

窦娥还活着。几百年几千年前的屈死鬼，平反没平反的，报仇没报仇的，都还活着，活在植物里。通过一个个分子的转化，延续至今。重新组合的事物里，故事的情节并无变化。我在深圳石鼓山公园，一个远离原著的城市里，见到了六月雪。

这是灌木之一种。枝蔓细而硬，叶片半个手指盖大小，革质，边缘呈灰白色。花朵大小略同。形似雪片，六瓣，白色。一簇簇站成路边的隔离带，已被园丁削得四四方方，整整齐齐。因六月里开得正盛，故名。

这花，你说是假的雪。它自己说是真的，不是替身。也许当年的山阳县法场上，旁边就种了一亩地的六月雪。它们从天而降，扮演了窦娥任命的角色，辅助她一语成谶。它们一直飘着，飘着，如果转化为另外一种物质，还需另外的契机。

我随手扒拉一下，星星点点的叶子纷纷落下，像挠头时飞起的头皮屑。

六月即便有雪，也很快就融化。名为六月雪的植物将其固定住。可以凋零，决不融化。

灯芯草

每一种植物都揣着一个故事。灯芯草对我讲的故事跟严监生有关。

严监生临终前，说不出话，空空伸着两根手指。大侄子问他，莫不是还有两个亲人不曾见面？二侄子问他，莫不是还有两笔银子找不到？均被否决。妻子赵氏说，你是为那盏灯里点的是两茎灯草，不放心，恐费了油；我如今挑掉一茎就是了。严监生点一点头，方才断气。

灯芯草长在山边，鹤立于矮草之上。茎硬且直，绿，圆柱形，高约三拃。无枝无蔓，干干净净。中间如打了结一样开出几朵小花。黄色，花瓣极微，状似小蝴蝶。农耕社会，基本生活多就地取材。民间将灯芯草的白色髓心煮透，作为油灯的点火绳，一头浸油中，一头在外。两千年，广袤的大地上，赖此照明。

灯芯草见惯了晚上的事。

监生的哥哥是个贡生。严贡生乃不折不扣恶棍一个。霸占邻家的猪，向没有拿到本金的贷款者强收利息，巴结权贵，欺压寡妇弟媳。而被后代当成吝啬鬼典范的严监生，却是毫不犹豫地掏钱替兄了结官司。他家妻妾和睦，省吃俭用，对人大方。离世前的灯草一指，堪为一生问心无愧，万事都无挂碍的没事找事之指。而笑话严监生的人多，痛恨严贡生的人少。又没被他坑过，坏又怎么样。事不关己高高挂起。

灯芯草一代代繁衍至今，不再用来照明。原先只看晚上的事，现在看尽白天的事。两千年，它们都闭着嘴，有话只是对我说说，都知道我无害。

凤仙花

无大风，无暴雨，太阳没那么毒辣，空气也很平静。运动场周围的花花草草，乔木灌木，分别做着自己的事儿，或迎风招展，或闭目养神，或相互依偎，卿卿我我。唯凤仙花神经紧绷，一副战斗姿势。

其茎直,高可达膝盖处,肉质,中空,红褐色,分若干节。关节连接处明显膨大。叶子绿中带褐，边缘有齿，摸上去并不扎手。花分五瓣儿，粉红或者鲜红色。花瓣儿挤得很紧，互相遮住一点，像是各自侧着身子拍照。

凤仙花开得极盛，远望算得上艳丽。近瞧，叶子多破败不堪。完整的占不到一半。有的叶子中间露一参差小洞，有的边缘锯齿已开裂。花瓣亦残破，或半开半枯，或掉落在地上。应不是虫害，凤仙花几乎不招虫、蝶。它们一棵挨一棵，却像刚从战场上归来的士兵，丢盔卸甲，双手紧握刀枪剑戟，额头的汗来不及擦干。

都不知道它们战斗的对象是谁。

再看周围植物，整整齐齐，干干净净，若经细雨清洗，就会更加鲜亮、光彩，浑身上下透着一股高贵之气。

或因其多，凤仙花一度被视为至贱之花。本可以用来染红手指甲。清人李渔却认为它连染指甲都不配，"所染之红，又不能尽在指甲，势必连肌带肉而丹之。迨肌肉褪清之后，指甲又不能全红，渐长渐退，而成欲谢之花矣。始作俑者，其俗物乎。"表面是技术上的理由，骨子里还是瞧不起。

但我知道凤仙花的底细。它们并未跟谁搏斗。战斗的姿势，其实是奔跑的姿势。其他花花草草的日常，就是它一代代驰骋的方向。它们汗流浃背，上气不接下气，日夜兼程，只不过为了和其他花朵一样，从容过庸俗的日子。

毕竟没和人家在同一起跑线上。

此乃漫长的过程。这一个简单的目的，令其行囊不解，时时小狼狈。而今仍在奔跑中。只有和其他花草拉齐了，方对得起"凤仙花"的"仙"字。

石榴花

看到石榴两字，就想起周星驰电影《唐伯虎点秋香》中的石榴姐。一个仆人，自视甚高，自作多情，总担心有人非礼自己，被人非礼后又喜出望外。人倒不坏，就是看着讨厌。

还会想起古籍中记载的清代北京殷实人家的标配，"天棚鱼缸石榴树，老爷肥狗胖丫头"。四合院里，一个油腻老年男，养狗养鱼，有胖乎乎的小丫环伺候着，赏天棚下那一树鲜红的石榴花。男人应该是病恹恹的。

还会想到石榴的酸。酸掉牙。无水果可吃的年代，偶尔得到一个，一粒粒抠下来，含泪吃完。后来吃到甜石榴，觉得奇怪，这是变异的吧？从一个极端到另一个极端，吃了会不会犯病？

如今石榴树穿越时空，在深圳的小区里又被我撞见。

树并不高，枝干上有刺。石榴花近在咫尺，触手可及。花朵红得坚决。每一朵花都像一个喇叭，花萼硬，六个瓣儿，长成后就定型了。有一寸长，嘴收得较紧，所以也可以说像一口小钟。里边包着花朵，看不太清，反正就是红花呗。过段时间，花朵凋谢，花萼渐渐变粗、变圆，最后成了一个石榴。

这么鲜明的石榴花和树，硬是覆盖不了我以前接收的石榴的信息。一惊一乍的石榴姐、老气横秋心思缜密的小京官、跟牙齿见面就大战数个回合的石榴籽，蒙太奇一样在我眼前晃来晃去，以至我都无法静下心来好好打量它。石榴花也急得跳脚，仿佛亲人隔着湍急的流沙河遥望，握不到彼此的手。

夜香牛

细小的种子落在柏油马路上，又硬又热。它很想爬上那辆车。车中载着数不胜数的植物种子。假以时日，这些种子将花红柳绿，缤纷绚烂。那辆车一天一趟，从城市这头儿跑到那头儿。跑一次轧一次它的头。终于有一天，车轮将其甩到绿化带的泥土上，落地生根。

夜香牛是一种野草，且有响当当的药用价值，可治疗感冒发热、咳嗽、痢疾、黄疸型肝炎、神经衰弱等。但它最多也就是两分米高，茎细如线，枝枝杈杈很多。叶窄长。花朵更小，长成后也不过苍蝇大，圆柱状，紫红的一点。有一种植物叫"一点红"，夜香牛就像一点红的缩小版。此类植物很难形成气势，扮靓环境的效果不明显，人工种植者或许有，吾未得见。

而它并不缺生命本能。夹杂在成千上万的蟛蜞菊、五色梅以及其他种种植物中，茎、叶、花都使出了吃奶的劲儿。有人定期来洒洒水，夜香牛属于滥竽充数抢食吃的。

它从不喊口号，比如"不靠天不靠地，就靠自己"之类，它知道自己又靠天又靠地。空气、泥土、阳光，哪一样不是拜天地所赐？它甚至要靠身边这些非我族类，借人家的光。不同之处，它们没有一片一片成群结队，而是零星穿插其间。或紧贴着铁栏杆，或委身于一块旧轮胎旁，争出一点点空间，彼此隐约可见，抑或完全不见，因此形成不了统一思想，各自保持着自由和独立。故，它们身上多了一些野性，眉宇间落了些疏朗。小归小，细归细，胎里带来的硬气不见丝毫缺损。不高兴的时候，隐忍，闷声抗争，却不会决绝到誓不与谁为伍，拔腿逃走。天和地，阳光和雨，又不归那些豢养植物独有。

这个鲜花盛开的城市，必然要柔媚与野性齐飞，咖啡共大蒜一色。夜香牛跳脱了条条框框，相对遵循了天意。细微若斯，依然撑得起名字里的"牛"字。

光荚含羞草

一人去花店买含羞草，搬回家后，手触叶片，叶片并不卷曲，知道买了假货，遂到花店讨说法。店主说，是真货，可能你买的那盆含羞草不要脸吧。

有这样的含羞草吗？昨日在山路上碰到了一种，外表极像含羞草，花朵毛茸茸的，如雪如絮，球状，玻璃珠大小。含羞草大多粉红或白色，此花为白色。含羞草叶片羽状，疏密得当。此叶亦然。但含羞草是草，该植物是树，傲然于其他灌木中间，居高临下的样子。花、叶相似，仿佛两人撞脸，旁观者兴趣盎然，打量一遍又一遍，做无聊对比，二者大腿长什么样反而不重要了。

此树名曰光荚含羞草，虽带"含羞"二字，叶片怎么碰都岿然不动。刻意将其捏起来，一松手，仍刷地弹回去。

想起不久前见到的含羞草。贴着地面，十几片叶子，我挨个儿触碰，它不厌其烦地卷曲。触第二遍，它就又要一遍脸。若碰到个手欠的人，一天至少要几十次脸。

光荚含羞草一次不要脸后，人们了解了它的禀性，恶搞的兴致烟消云散。所以它不要脸的次数并没那么多。

此树生存能力极强，据说已被列为入侵物种。我见到的这棵或为野生，即使种植也是控制种植数量，毕竟不如含羞草让人放心。

白花蛇舌草

石头缝里蹦出来的人，只有孙悟空一个，石头缝里钻出来的植物可就多了。白花蛇舌草乃其中极弱的一种。绕山而建的公园里，花花草草，赤橙黄绿青蓝紫，有大有小，有喜有嗔，像蝴蝶一样在眼前翻飞，也只有如我这般敏感之人，才能注意到它。

山地足够大，也足够所有植物立足，大家纷纷据地扎根，白花蛇舌草独独选择了石头旁。非常狭窄的缝隙中，一根细线般的绿藤钻出来。中间有隐隐的节。叶片似瓜子，两两对称。开出的花，米粒儿大小，白色，四个花瓣，呈十字形。围绕在白花蛇舌草周围的蚂蚁也非常小，黑色，飞快地爬。

生于何地长于何地，或许不是选择的问题，而是"不得不"。某些地方的所谓美食，咸也好酸也好辣也罢，并非本地人天生好这一口，而是此地只出产这个，长期食用，产生胃口依赖。时间再长一些，以偏概全为地域特色。白花蛇舌草的种子，小得几乎看不见，被风吹得乱跑，站不住脚，只有石头缝里暂且栖身，因陋就简，却在某些人眼里成为钻破石头、不屈不挠的典范。

它的藤蔓悄悄蔓延，一层一层，似有将石头全部覆盖之意。或许它也知道石缝卑微，像小时候见到的穷孩子一样用各种方式掩饰自己的出身。但这点儿伎俩在石头乃至石头后面的山体那里，简直太小儿科。石头的坚硬和险峻，一目了然。它俯视着白花蛇舌草，又派出另外一种植物搅扰之。此物名为水线草，长得和白花蛇舌草几乎一模一样。二者均为中草药，药性大不同，专业人士用专业手段去分辨，也不一定能分辨得清。水线草也是石头缝出品，也有说不出口的抱负。六耳猕猴和孙悟空狭路相逢，它们互为翻版、替身，还是仇敌？

石头说种就种，说收就收。养得起白花蛇舌草，也把控得住它。白花蛇舌草拼命挣扎，力图更多地蔓延开去，在这莽莽大野中，各种可能性还是存在。也不知什么时候才是个头。

龙葵

人到中年，遇到老熟人，不会像年轻时那么狂喜了。各自在自己的路径上越走越远，再无交会可能，不过怀旧而已。所以于路边偶尔发现一株龙葵，本能地要走过去，就像没看到一样。

但还是停住了。

在东北生活多年，熟悉这种植物仿佛熟悉自己的手指头。黑黑的比豆粒略小的果实，被称作"悠悠"或者"天儿天儿"，长在野地里，田间地头，是农家孩子最容易得到的零食。有一点甜味，不扛饿，没什么营养，聊胜于无吧。我曾在卧室里种过一株虎刺梅，尺余，粗壮，长满了小小的花盆。如此氛围中，旁边居然挤出一株极小的龙葵，到冬天甚至结出果实，先紫红，后黑亮。一个大雾弥漫的早晨，我吃掉了它。若有若无的甜味至今留在我的身体里。

今日所见这一株，起码长了几个月，已及膝。茎直立，分枝杈。我天天经过都没注意到它，可见其庸常。夹杂在高高低低的绿植中，指着它出奇制胜或惊世骇俗，门儿都没有。

蹲下来，看到了花。极小的白色五角星花，全部展开也没钉子帽儿大。隐隐约约藏在绿叶中间，一朵又一朵，散漫而无辜。开类似花朵的植物颇有一些，没几个厉害的。

也发现了两个果实。摘下一个放进嘴里，一股怪异的苦味儿瞬间蔓延开。"呸"，几乎是本能地吐出它。反复搜集口腔里的唾液，吐了一次又一次。

由北至南，水土变了，空气变了，周围的人气也不同，即使同样的种子，长出来也确定是另外一种植物了。一个没毒的果实都可能变得毒性很大。

还是离它远点吧。

臭牡丹

阳光热烈，灌木丛中的臭牡丹花，圆球状，紫色花瓣掉了一半，如同半秃的脑袋。偶有一只小鸟腾空而起，蹭得光线滋啦作响。

牡丹不是国色天香吗，怎么也会变臭？多少钱才能策反到这种程度？而且，我把鼻子凑到跟前都没闻到臭味。

臭牡丹长得跟牡丹完全是两个样子。牡丹是大花，臭牡丹的花球上，都是五星小花。它站在小广场边上，一天到头不得安宁。广场舞战斗队早晨和晚上都在这里排练或演出，即使边上挂了提示牌，即使附近居民多次投诉，也影响不了他们昂扬的激情。

正值中午,那些人退潮了。三个大妈坐在树下,欢快地用粤语交谈。我一句没听懂。这么多年过去,融入这个地方,靠的是感觉,而不是语言。

两个小男孩,均四五岁,一个戴着帽子,用力去踏地下的蚂蚁,大声喊着,踩死你,踩死你。另外一个安静地站在旁边,很认真地问他,你喜不喜欢吃干粉丝炒肉?那男孩仍用力踩,一边踩一边问,你说什么?

你喜不喜欢吃干粉丝炒肉?另一男孩说着浓重的深圳味普通话。

不知那男孩是怎么回答的。我走出很远,一直想着两件事:臭牡丹为何一点都不臭?干粉丝炒肉是个什么东西?

鹅掌紫薇

鹅掌紫薇。名字不错吧?事实上根本没有这样一种花,是我起的名。

我神情恍惚地在路上走着。黑色背心的左上方写着"神情恍惚"四个字。花花草草一掠而过。等我走过去,又转头回来。

我看见了鹅掌藤。

路边灌木。亮绿的叶子又厚又硬,五六片或八九片不等,如同伸开的鹅掌,向上兜着,呈浅碗状。旁边一棵小叶紫薇,花季已近尾声。花朵纷纷落下,想起一句唐诗:"落花犹似坠楼人。"小花正好被鹅掌藤接住。绿色的叶片里,盛开一朵一朵粉色。

鹅掌藤自己也是开花的,但此刻它只管绿。小叶紫薇在它的掌心里,如同在自己的枝干上一样,安静地卧着。睡过去醒过来,开始了另外一生。

鹅掌紫薇。脑子里迅速闪出这四个字。

神以泥土、空气和水,生出根茎花叶。植物们在四季轮回中生生世世。鹅掌藤和小叶紫薇,按着既定的路径各自走着,偶尔遥望,似永生不得相见。而这一天,神有了灵感,用手一指,风来了,令一叶扶一花。花开在哪里,是一种天意;落在哪里,亦为天意。鹅掌藤和小叶紫薇就这样相拥在一起,看不出一点不妥。

有幸如我,不经意间目睹了这一场天作之合。又何其有幸,公开为它们命名。

野甘草

野甘草落单了。

身边是一大片蟛蜞菊。深圳最常见的植物,贴着地皮,流水一样无序地蔓延。路边、树下和草坪上都是它们。哦,它们自己就是草坪。黄色的小花,突出于亮绿的叶子上,跳跃着一朵又一朵。这些不知从何而来的植物,亦不知要去往何方。它们游蛇一般蜿蜒盘旋,翻过山岗,充满了一个个犄角旮旯。貌似无声,但轻风一过,便听到它们巨大的轰鸣。单个的呐喊穿插其间。它们气势磅礴,无情碾压。乔木们纷纷抬头,假装看着其他地方。灌木们伸出满身的刺,聊以自保。其他草类,能逃尽逃,能扎堆儿的一定扎堆儿。

一株野甘草,孤零零站在这群狂啸的野兽中间。

茎直立,高不过尺,比圆珠笔芯还细,有分叉。叶片形似瓜子,略有锯齿,低处的叶片大,越往上越小,最顶端的,已和米粒差不多。小花长在叶腋间,白色,花瓣四片,均衡摆布,指着东西南北四个方向,直径不到半厘米。毛茸茸的花蕊,使其看上去像个小绒球。

躲也没处躲,跑也没处跑。随便一棵蟛蜞菊蹦起来,都能打它个鼻青脸肿。脚下的立锥之地,悄悄震颤。

旁边几株田菁，小灌木，又高又结实，枝条相互触碰，形成凛然不可侵犯之势。它们偶尔望一下这可怜巴巴的野甘草，也许有救人之心而力不足，也许只是麻木地旁观，事不关己高高挂起，甚或生了幸灾乐祸之心……谁知道呢？田菁的心藏在茎内的什么地方，还是藏在根部？全不知道。

一只蚂蚱倏忽飞走，一只非常小的蝴蝶在附近绕来绕去，野趣消解不了野甘草的孤寂。

它不会因霸凌而死吧？这么高的天空，白白的云彩，这么和畅的风，不像要置谁于死地的样子。野甘草能长大，或许就能水到渠成地变老，而非惨烈地枯萎。但没有一个前车之鉴供其重走。

野甘草本是杂草之一种。生也如此，死也如此，其恐惧与慌张无人在意。它摇来摇去，似乎一直在寻找什么。二十米远处，就有好几簇野甘草，可它看不到。

金腰箭

金腰箭，名字富丽堂皇，威风凛凛。其实毫不起眼，是一支射不出去的箭。

其茎高不过膝，低者仅及脚面，大部分是绿的，有的略显棕红。叶片稍内卷，长条形，下宽上尖，大小不一，都是一对一对的。四片叶子，像打扑克的四个人坐在四边。花朵长在顶端和叶腋处，花萼呈柱形，花朵黄色，都非常小，仿佛是某一种树上落下来的小花，不经意撒在了这一片杂草中。

金腰箭是真的杂草。世事翻转，如今连各种杂草都有人大面积栽培了，或药用，或美化街区，由民间身份一跃而为事业编。金腰箭则至今未被纳入，虽然它也是一味中草药，有清热透疹、解毒消肿之功效。揪下一根闻了闻，一股浓烈的药味，类似蟛蜞菊。

它们互相依偎着，站在暴烈的阳光下，靠着不花钱的空气，无人耕种也懒得绿化的一块土地，随机而来的雨水，度过自己的一生。忽然想到一句歌词：没妈的孩子像根草。这草，就是金腰箭吧？

有妈又怎么样呢？道路的另一侧，一排废弃的共享单车。有的轮胎已经扭曲变形，有的车座丢失，有的二维码被刮花……偶尔有一辆突然发出凄厉的警报声，仿佛孩子的惨叫。

它们都被妈妈成批制造出来，扔在街上，过着跟没妈一样的生活。其中一辆倒在草地上，紧紧压住金腰箭。

蒺藜草

我进入草丛深处，盯住那一簇簇金腰箭，担心它像被追踪的兔子一样随时逃走。刚蹲下，一阵痛感。细看，手指上粘了一颗苍耳。初秋已至，成熟的种子要遍地开花。借我力者，当成全之。我甩。没甩掉。再甩，剧痛。苍耳没这么黏人吧？该物在敝乡华北平原被称为"仓子"，可以粘在动物皮毛上奔向四面八方，伺机滚落，瑟瑟秋风中沉入土地，等待来年生根发芽。身上虽有刺儿，火候把握得却好，能粘连，不伤人及动物。当下这一颗，已扎入手指，似乎还有倒刺，紧紧钩住皮下肉。

抬手观看，它似一只小兽紧紧叼住我的无名指，拼死一搏的样子。上面的刺又尖又细——这是蒺藜。少年时经常见到它。藤蔓满地爬，开小黄花，结硬果实。田间地头尤其多。野狗不小心踩到，疼得狂叫，惨不成调。好心人会帮它拔下来。我老爹那时候也不过三十出头，扛着锄头走来走去，成天光着脚，磨出很厚的茧子，踩到蒺藜上，搓一搓，蒺藜碎了，他走了。啥事没有。

眼前的蒺藜，亦非我所理解的蒺藜，而是长在草上，名为蒺藜草。长得像麦苗一样，茎、叶均似芦苇，穗子上长的不是麦粒，而是密密麻麻的蒺藜，远望不明就里，近看不由得心惊。一颗一颗，比我曾见的蒺藜更为犀利，堪为蒺藜的升级版。风吹即落，掉在旁边的草叶上，再不肯走。草叶没法表达感情，否则早疼得哭起来，或者骂起街来。草叶又不会走路，无法带它去远方，何必死死缠着呢？可见蒺藜草不在乎是谁，甚至不在乎结果，先拽住一个，拉个垫背的再说。

除了手上，裤子上也扎了五颗，而且是在裤管里面。不知它是怎么走进去的。最后，我用几层纸包住它，硬生生拽了下来。一滴血随即渗出来。

草，差不多都要开花的，蒺藜草也不例外。我已错过了它的花期，却赶上了它的狂暴。想起单位食堂里养过一只流浪狗。此狗名阿黄，由小到大，由瘦变肥，见谁都摇尾巴。我们目睹了全过程。后来它怀孕生下一窝小狗。女同事从狗窝旁边走过，惊得小狗叫起来。阿黄恶狠狠扑过来，咬了同事的手。第二天，它和孩子们都被驱逐了。

赛葵

落魄的花，我见得多了。叶片破损不堪的玫红四季海棠，瘦弱的鼠尾草，蔫了吧唧的碧冬茄，即便人工栽培（用于美化园林、社区、道路），在露天里风吹日晒，也不免一副沧桑之态。即便天生丽质，时间长了，也会长一脸黑斑。偶见摄影家们鲜翠欲滴的花草作品，不由得疑惑其是怎么找到的。在深圳的大街小巷走一圈，细瞅光天化日下的花儿们，哪个没有几处擦痕和伤疤？毫无瑕疵的花朵真是凤毛麟角。

赛葵亦为落魄之物。半米多高，直立有权，叶片卵形，边缘有粗糙的锯齿，叶脉极明显，仿佛神拿个雕版在上面印出来似的。花朵黄色，含苞时呈锥形，开花后有一分硬币大小，五瓣儿小花像半曲的手掌，略微向里面收。

我见到的这几棵赛葵，纯野生，长在路边，和金腰箭、鬼针草、蒺藜草、蟛蜞菊等拥在一起。诗意点表达，是大地的头发。正常表达，是一群随时可以被收拾掉的贫民窟草芥。刚刚富足的中产阶级不会给予一点同情心。老鼠和蛇穿梭其间，枯叶积累在空隙里，雨后污水久久不退。

北方常见榆树，我小时候院子里就种了一棵，春天经常从上面捋榆钱吃。有些人言其多么好吃，是难忘的记忆。我只想说，别信，那个东西我吃过，没他们说的那么好。他们是集体无意识地通过怀念过去要表达点什么。有一个比喻：整株赛葵，就像谁把榆树枝子砍下一段插在了地上。极像！本想找个别的比喻，哪个都觉不恰当。人这一辈子，前二十年是接收信息和形成信息。中年之后，基本就是用各种方式强化旧信息。榆树与赛葵，赛葵与榆树，既是大地子民，也是我生命中的一个契合点。

不同之处，赛葵傲立于草丛中，有一股精气神儿，不卑不亢，硬而不脆，低而不萎。小黄花可有可无，整株植物的气势不减。处境就是那个样子，已无法选择。出身上，虽然像草，其实介于草类与灌木之间，有灌木的底子。与草类比起来，沉淀出的贵气、冷静、宠辱不惊要多一些。这不是后天努力来的，是祖上一代代传下来的。

在百花争艳的园林里，它泯然众人；在这众草落难之地，赛葵凸显出来了，挑起贵族的大梁。鬼针草望着它，金腰箭望着它，蟛蜞菊望着它。有它在，天空就塌不下来。

短叶水蜈蚣

绵密的细雨，不值得打伞，却一会儿就把肩头洇湿了。在湖边小径，蹲下身来，低头打量成片的短叶水蜈蚣。

此为杂草之一种，高及脚踝，茎细而硬，撑得住全身。最顶上，三片形似苇叶的叶子，呈三角状，各自平伸，舒展。中间一个白色的小绒球，便是它的花。一株一株站在一起，叶片互相搭着，组成一个一个几何形状。小绒球隔三岔五，像生动的小兽。

名字有蹊跷。

其一，叶子并不短，何称短叶？后得知，顶上三片"长叶"实为花之苞片。茎上有叶，肉眼几乎不见。强调"短叶"，不为勾人注意真正的叶，或为强调三叶之性质。

其二，与水蜈蚣何干？却原来，该物根须蜿蜒曲折，像一条蜈蚣。地面以上，可以看得清清楚楚明明白白真真切切，地面以下，谁又在乎？腿脚发麻的我，透过潮湿泥土似乎看见了它。定定地趴在那里，背上驮着几根茎，就那么耗着。它想干吗呢？鸡汤的定性常常是，掩在幕后，做一个默默奉献者。但，如果是大权独揽的支配者呢？这种想法或许不好，不过我希望它们就是一个完整的体系，没有主次，也没有悲情或抗争。

想起昨日阳台上那只硕大的蟑螂。肚皮朝天，六爪紧抱。南地多蚊虫，刚来时还大惊小怪，吱哇乱叫，如今已坦然对待。遗憾之处，这么大个儿，得以寿终正寝，没死在我的手上，还要给它收尸。如果它也像短叶水蜈蚣一样，成为根须，顶上随便长一什么植物，我便会另眼看它。

进而扩大到人和所有动物，在地上待够了，到地下做根须。定格。活物在结束和重启之间如此轮回不息。

金脉爵床

东湖公园里有个湖,湖形极不规则,弯弯绕绕,时不时横出一座小桥。人在路上走,一会儿近了湖,一会儿离开湖。湖边和路边都长满植物。路也曲曲折折。行走着,偶然看见一个人,如在大海中浮沉,瞬间他被绿色淹没了。

一个小亭子旁,长满了金脉爵床。直立的灌木,一人多高。茎棕红色,较为光滑,有点倾向于木质。叶子大,脉络清晰,叶脉黄色,所谓"金脉"是也。顶上是一种穗状的花。细看,乃由数朵黄色小花组成。每朵小花均长圆柱形,有点像炮仗花。花蕊长长伸出,有一红色花萼。

在其他地方也见过金脉爵床,但没开花。我看植物,若无花,如看没长脑袋的一群人,胳膊腿、高低、胖瘦各不相同,仍分辨不出谁是谁。即便有此本领,亦索然无味。

亭内无人。我不忍闯入,踌躇不前。见湖中的岛上长满芦苇,散发着野趣。高大的榕树垂下一条条根须,紧紧抓住大地。保洁员坐在树下休息。叽叽喳喳的鸟鸣不绝于耳。林外的喧嚣,衬托着湖旁的静谧。如果节假日或者周末,就不是这样了。以手拨弄金脉爵床的叶片,心情平静。暗想,此时路边长什么植物都好,况且它本来就好看。

龙珠果

几年前在超市里看到一种叫作"龙珠果"的东西，圆球状，黄色，亮晶晶，躲在保鲜盒中，透过极薄的塑料膜瞪我。标价二十元钱一盒。看着眼熟，细瞄，这不是我在东北常见的菇娘吗？北方街头买卖时都要带着外边那层皮，如今脱了马甲还真唬人呢。从产地辽宁到深圳商场，乡村大妞摇身一变成为高冷的 Rose。

及至亲眼见到，方知南方真有龙珠果这种东西。不是菇娘，乃藤本植物，挂在层层叠叠的灌木上，居高临下。叶子呈不规则的心形，半个巴掌大，叶柄上长着细细的毛，边缘有锯齿。

七月见它时，刚开花。花分三层，不大。最下面一层，白色，像莲花瓣一样打开，似是花萼。中间一层，是一根根白刺，围成一圈，或为花瓣。最上面一层，三根绿色花蕊，仿佛哪吒的三头六臂。

八月再见时，龙珠果已经结实，花朵变成一个算盘珠形状的东西。顶上的三头六臂更加灵活，警惕地打量四周，看谁敢来找麻烦。外围一圈毛茸茸的绿色絮状物，整体还是混沌的一小团。在它旁边，一颗已经成形的果实，手指肚大小，表皮上五条深刻的纹理，像个微缩西瓜。

藤更粗壮，伸出数条细长的蔓儿，卷曲着，颇似白绿色的弹簧。碰到什么东西，一定会紧紧缠住。那是孕妇分娩时因阵痛而四处乱抓的手。深圳本无秋天，被它这一叫喊，好像真到了花落果熟的季节。我得躲远一点，它又不是我老婆。我站在旁边观摩全过程，替它高兴一会儿就够了。

马交儿

水茄、硬骨凌霄、长得奇高的五色梅等，混搭成一条长长的灌木带，沿着道路向前走。路直它直，路弯它弯，望不到头。

灌木丛高处过人，低处及腰，上面星星点点散落着一些黄色小花。整个花朵还没最小的纽扣儿大，五瓣儿，平摊开，每一瓣都略呈方形。这些花并非出自某一种灌木。追根溯源，是挂在上面的一根藤。该植物有一颇具古意的名字：马交儿。其藤细弱，叶片为尖尖的心形，也不大。混杂在这些灌木中，马交儿几乎没有自己。但仔细查看踪迹，它搭在上面，蜿蜒前行，像蛇一样高高低低，来去自由，如履平地。动物不敢走进去，怕扎着，它们啥事没有。这与其说它们生存能力强，莫不如说灌木们在迁就这些藤。

是的。迁就。

晚上睡觉，手压在胸口上都受不了，藤压在身上，时间长了灌木也不舒服。如果它们想拒绝，应该是有办法的。河豚为了保命，体内积存大量毒物。植物亦有此本能。它们让自己的果实上面长满刺，味道发苦，乃至有毒。你吃我，我让你发病。看你还敢放肆？局面上看，灌木们似乎不怎么在意。就算不喜欢，也还忍得了。若马交儿揪住水茄的一片叶子，反复缠绕，致其枯萎，并不影响大体。而马交儿有此一试，已精疲力竭。由此，无需给二者戴和谐相处之类的高帽子。如果不是一方非要置人于死地，另一方无路可走，马交儿与灌木们之间就有一个混沌的地带存在，大家可借此混沌一生，安度一生。

马交儿的果实形似冬瓜，手指肚大小，初时浅白色，再成熟一些的是深绿色，在灌木顶上晃来晃去。小巧玲珑。还有个名字：老鼠拉冬瓜。八月份，老鼠们将其拉进洞中当应季的水果吃。它们最该感谢的是灌木们。

田旋花

这一片绿草地如果是沙发，田旋花就是仰躺在沙发上的人。

绿地乃人工培育,田旋花却不一定。它们长得太没规律了,这里一条那里一条,彼此不挨着,大小也不一样。总共没几根藤,搭配成这样,不符种植伦理。若为野生,瞬间翻转——长成这样,也不错哦。

阳光下的田旋花,爬在草间,叶片细长,上面有深深的纹路。花朵不大,像是缩小版的喇叭花,也更瘦一些,粉白色,花蕊中呈现紫红色。一根藤上总共七八朵花。茅草、母草、蔓花生等草类都站着。唯田旋花葛优躺,百无聊赖地卧在里面。这个草地沙发上若有扶手,你都能见到它的食指和中指吊在上面,懒散打拍子。我看不惯,伸手将其扶起来。它似没骨头,一松手,又软塌塌地掉下去。

它不是在往前爬,虽然也在渐渐长大,但它是躺着长大的。它的世界就没有匍匐前进这四个字。匍匐前进比正常的跑都累,按部就班地长大,就算是前进了。其他植物也不知是收到了什么暗示或指令,没有谁敢阻拦它。它的出身,它的背景,至今是个谜,也没人问。

只要不是非和灌木一样站起来,或者异想天开要钻到地底下去,或者其他的什么幺蛾子,它就可以安然度过每一天,踏着他者的头顶,收纳最新鲜的雨水,承接最早一批阳光。有人给它策划了富足的途径,它不费吹灰之力,即可抵达他者穷尽一生也到不了的彼岸。

但一定有一根懒洋洋的田旋花会在某一天特立独行起来，乃至打翻现在的一切，建立自己的规则。两种可能：一种是在另外一个地方的某一根田旋花，一种就是当下这一块土地上，有一根已在悄悄酝酿。

我确信。站在热烘烘的碧空下，我能感受到什么叫作天意难违。

红花文殊兰

红花文殊兰，特别的敦实，像个矮胖子。叶片翠绿，长而多。中间直立起一根绿色的茎。茎上一朵大花，用一坨做量词似更妥当些。整体上有北方的面饼那么大，一下子压住了周围所有的花，抢眼度名列第一。天上闪过一只鸟，你眼前一亮，然后就没事了。掠过一架飞机，你需集中起全身的力量来对付它，尽管它并无侵略性。

粉纸扇说，我媚。红花文殊兰说，我大。紫薇花说，我艳。红花文殊兰说，我大。凤凰花说，我红。红花文殊兰还说，我大。

以"大"成名的红花文殊兰，杜绝傻大憨粗。细看，其实它是由几十朵更小的花组成的,像没有分家的兄弟,你中有我,我中有你。说是若干的独立体,也成;就说它是一朵,也过得去。

单朵的花,六瓣,花瓣均为长条状,约一指长,各自外翻。正面粉白色,背面紫红色。搭配极灵动。花蕊六只,像六根针一样细。凑近了闻,散发着一股清香。有香味的花朵像擦了胭脂的女孩。素面朝天是一种风格,淡施脂粉也非常好。香与不香,均善意满满。

红花文殊兰提醒着我。大处着眼,小处用力,既禁得住远望,又耐得住细瞅,不疏忽每一个细节,自尊的人都应该是这个样子。

苦蘵

苦蘵(音"知"),俗名灯笼泡。典型的路边杂草,茎如小手指一般粗,健壮,分枝杈。叶片下宽上尖,大枝上长大叶子,小枝上长小叶子,故,同一株苦蘵,叶片大者如手掌,小者似飞蝶。花朵若纽扣大小,黄色,下垂,像一把倒扣的小伞,五角星状。旁边果实已成熟,如灯笼,剥开纸一样薄、松松垮垮的皮,里面是一个绿色的圆珠,比玻璃球略小。

"能吃吗?"上次去台湾,一个导游说,大陆朋友无论见到什么植物和动物,常常问这三个字。我脑子闪过同样三个字时,顿生愧意。苦蘵老老实实待在那里,一个不缺吃不缺喝的人冷不丁冒出这样一句,它一定会听到的。

妻陪我来。摘下一个果实,十分肯定地回答,这不就是东北的红菇娘吗?妻乃土生土长东北人,我信她。何况余亦于彼生活十八年,最常见的水果之一,还是认得的。

查了一下。二者同出一源,却有差异。生于南方的叫灯笼泡,正名苦蘵。生于北方的,正名酸浆,另有灯笼果、红菇娘等一大堆小名。

各种学术描述云里雾里,窃以为直觉更重要。其一,一生于南,一生于北,这本身就是巨大不同。水土决定物种。物种极少能反作用于水土。同时长在南方北方的也有,如稻米,但口感并不一样。其二,北方将其当作水果吃,南方无此例,只做草药用。若可食,南人定不会放过它。中国人食材广泛,与农耕社会长期穷困、吃不饱饭有直接关系。尝遍百草,能将就的都将就着吃了,甚或沿袭成癖,渐成一方美食。一个地方、一个族群拒食某物,一定有其道理或伦理。"不食"即"有所不为"。余对此向来尊重尊敬。"不为"向内,是约束;敢为向外,是放纵。不为,总比天不怕地不怕无所顾忌更令人放心。

我把那个果实放在嘴边比画了一下,扔进远处的野地里。它在那里会生根发芽的。

银胶菊

这种有毒的草并不常见,我却见过几次。此次相遇于郊外一条溪水边。

银胶菊,茎直立,有分叉,手感较硬。小花像满天星,白色,每一朵都钉子帽大小,中间圆,布满极小的颗粒,也许是花蕊。五个花瓣,钝钝的,更小,围在四周,勉强能看出那是花瓣。特别之处是它的叶子。叶亦分叉,如细长的手掌。那么多的手掌捧着上边的小白花。这就对了——花得有人捧。

银胶菊挺拔,冷峭。模样不算难看,毒性却不小,人若接触,能引发皮炎、鼻炎及哮喘。据称澳洲、印度等地都有牛羊因大量接触银胶菊而中毒身亡的案例。余所见银胶菊,均在人烟稀少的路边或犄角旮旯,未成规模。对于只求风景宜人的城市,也算不得什么毒物,如山菅兰,毒性更大,还有人种植;海芒果,剧毒,也没砍掉。它们与那些伤人的动物不一样。动物会追你，植物不会。你不惹它，便无事。

植物的有毒，更多是防御而非攻击，但排他性过强，也就成了攻击。银胶菊生命力强，悄悄攻城略地，实际与其他植物保持了一种有你没我、有我没你的关系。如此自然被警惕。其自身的野性令其能顽强坚持下来，亦令其无法真正得以泛滥。

曾经接触过一个人，从底层一步步熬上来，成为所谓"成功"的标杆。另一人评价他说，那个人的心中是天天带着刀的。

银胶菊已被定为外来入侵物种，尽管它似乎永远成不了气候。

鳢肠

鳢（音"李"）肠是手感柔软的草，茎相对粗一点，棕绿色，长约一拃。叶片两两对生，大小和形状与瓜子相似，边缘有微小的锯齿。顶端一朵小花，像浓缩版的向日葵，一只苍蝇大小，但比向日葵要薄。向日葵是金色的边，它是白色的。

此物在古代可用来染发。李时珍的《本草纲目》中说：

"鳢，乌鱼也，其肠亦乌。此草柔茎，断之有墨汁出，故名，俗呼墨菜是也。"我折了一根，只有断处略露一点点黑，汁水仍白。《本草纲目》中常有荒诞不经的内容，但这种东西好验证，折一根就看到了。故李时珍不可能是错的。错在我。或许这是一种与鳢肠极其相似的植物，而我不知。或者是等的时间不够，没见变黑就走了。或者，时光流转，水土变化，征战的土地上洒下了鲜血，原来地面以下的土被剖开翻到了上面，所以养出来的东西也不一样。

其能否染发也值得怀疑。现在染发需求这么多，无数白发人想一夜之间变成黑发人，若多多少少有一点成果，定会被夸大效能，吹得神乎其神。鳢肠之技如某些青年之技，先被惊喜地发掘，接下来是长时间的消耗，最后被无奈地放弃。

鳢肠又名旱莲草。用前者舍后者，不过希望读到这篇文章的人多认识一个字。

毛草龙

我始终没搞清毛草龙是草还是木。

见到的植物越多，越觉其复杂。虽不能行走，其可能性并不比人的可能性少。物种与物种间的差异。植株与植株的差异。一株之上,叶与叶,花与花的差异。无数的差异,无数的指向。草和木,并非截然断开,黑白分明。站在此地就是草,跳过去就是木,没这事儿。互相之间其实有一个模糊地带的,此亦可,彼亦可。

毛草龙便如此。身高约一米,茎直立,棕色,枝枝权权向四面八方伸出去。千手观音的手从身子两侧伸出来,毛草龙则是从身体的每个部位伸出去,均匀又整齐,自下而上地端着。叶子细长,顶端尖锐。小黄花长在每个枝权的顶端,四瓣儿,像纸一样薄,每一瓣都呈圆形。整体上不过一枚硬币大小。手感润滑,轻轻一碰,就掉下一瓣儿,令人心疼。再触碰时就要加着小心。

因其果实类似微型香蕉,故又称水香蕉。

毛草龙茎硬,略似木,但除了当柴烧,木质的功能几乎没有。说是草,又比草硬多了。打量它,似可见证物种的行进。草站久了就是木头吗?木头不一定是草的既定方向,也可能是石头,甚至可能变成肉。它们的速度太慢太慢,不超过蜗牛行进速度的万分之一,却是义无反顾。

我这个好奇者,很想追随它,直到它变成一个相对成形的东西。在我死后,灵魂也会追随着它。生生世世能把这一件事搞明白也算不错。

土人参

热。九月的深圳，依然酷暑。在无遮挡处待一会儿就汗水淋漓。仔细看路上穿圆领背心走路的男人，脖子周围那一圈，颜色要深一些。女性还好，都打着伞。这个破败的小区里，单元门的台阶上，竟然长出杂草。居民进进出出，人并不少，却踩不死它们。建筑若泄气了，住在里面的人都没了底气。

几棵土人参掺杂在这些杂草中，丛生，手感比较软，叶子嫩绿，一根根细长的茎挺拔而出。上面分叉。每个叉上都长着米粒大的、尚未绽开的小红花，其实就是一个小红点儿。花不重要，要害在下面呢。据说其根像人参，亦有药用价值。稀疏而跳跃的花在阳光下摇摇晃晃，仿佛提醒看它的人：别看我，看我兜里，藏着宝贝呢。

一条两寸长的蚯蚓从台阶上滚落下来，急匆匆地向前爬。不是龟兔赛跑式的慢条斯理。太热了，人光脚踩在台阶上一定烫得直叫唤，它整个身体扑在上面，想想都疼。在其身后，留下一条长长的湿湿的印痕，但很快就干了。

我定定地研究了一下那些花朵，没研究出所以然。一分钟后，不经意转头，发现蚯蚓已僵在那里，濒临干枯。它的世界里没有猎枪，但太阳成了天敌。土人参虽然能治病救命，也救不了它的命；我本可伸以援手，但我完全忽略了它。

这幕世间惨剧在我心头只如微风吹过。身边大量的事物还欢蹦乱跳地活着。我不敢抬头，不知上方是否有一双巨大的眼睛在盯着人间。

落葵薯

如果将落葵薯比作一条蛇，你抬头即可看到一条条蛇信子，雪白、弯曲、灵动，随时闪电一般伸出又闪电一般缩回的蛇信子，在假连翘的枝条上舔舐。假连翘本是一种长满了刺的灌木，一辈子怕过谁呀，比豪猪生猛，谁来扎谁。但此时的它，找不到对方七寸，且根入土地，跑不掉，只能可怜巴巴地挣扎。

落葵薯，红色的藤（有的部位浅绿色），结实如绳。其叶猪耳状。藤结处，长出一条穗子，细长，一根挨一根，此即蛇信子。每一穗上都布满了碎米般的小白花，单朵小花像五角星，花蕊扎煞，仿佛蚊子脚。

它紧紧缠绕着假连翘，一圈一圈，越勒越紧。好似那是它的猎物，稍一放松，猎物就会溜走。其实灌木上挂了不少藤类植物，没谁像落葵薯这般，一副置对方于死地的架势。五十步笑百步，一度被当成笑话。回头检视一下，便觉五十步是可以鄙视百步的。五十步是暂时退却，仍可进可退。一百步便是彻底逃走，定无回头的可能，所谓量变引起质变。藤缠草木，稍微松一下，便是和谐共生。走至一百步，任你怎么表白也是不共戴天了。你听，假连翘正在凄厉地呼号。

落葵薯的信子越来越长，在风中飘摇。昭示着两个特性：其一，它具生化能力，可致他物绝种；其二，它有药效，可滋补、消肿散瘀、拔出毒疮。

天光大亮，一个瘦高挑的男人，手持一把锋利的小刀，唰唰唰将落葵薯割下来，扔到后背的竹篓里。回家收拾一下，卖给中药铺。

落葵薯拉直了身子抗争，在瘦男人泰山压顶一样的气势下却不堪一击。瘦男人想，真蛇我都吃过多少条了，还治不了你这条假蛇。

毛荙

越是悬崖峭壁，越爱纠集奇花异草。都市里虽无奇崛地势，却不缺高高低低的边坡山地。坡地多毛荙。

毛荙算得上好看。一人高的灌木，旁逸斜出。叶子长条状，有五条清晰纹理。这纹理，干净、平直，令整株显得整洁。两只蚂蚁沿着纹路跑来跑去，风一吹，摇摇晃晃，硬是掉不下来。紫色花朵，比巴掌略小，六瓣，稍微内敛，似浅碗。花蕊黄色。

民谚：人往高处走，水往低处流。某地食物供应不足，或水土不良，如无人为压制，人类和动物都会拔腿而走。植物难啊，扎下根便无法再跑，一代一代原地站岗。回溯当初，也不知是边坡俘获了毛荙，还是毛荙自己少不更事。

故，余所见，毛荙不在山坡上，就是在山坡下。土地构成元素本无多大区别，它一定可以履平地如山坡，也可笔直站立。但它偏不。岁岁年年，侧着身子，仅半米高地亦如在千米山顶上，斜举出一个花朵，恰似英雄就义前伸出的手臂和拳头。

我个矮。几次不小心被毛荙蹭了脸。我无端怀疑一个动物在土地下面举着它们，它们只是道具。

丁香蓼

丁香蓼本是杂草，水稻的政敌。人类怀了私心，发明出专门消灭丁香蓼的除草剂。此刻，它长在花坛中，不知是自生还是人为种植，用来点缀一旁的天门冬。

一尺多高的草本植物，茎呈四棱状，小叶狭长，绿色。有一片显露出一条条棕色。不小心长走样了，也没人管它。或是自己跟自己玩，如猫戏尾。豆粒大小的一朵小黄花，四个花瓣，方方正正摆在一起，在微风中轻轻抖动。

它旁边有凤仙花、三角梅、黄蝉、兰花草等。往来无白丁，再无生存之困扰，仿佛一个三流作家（或画家）来到了深圳，在这养士之地，安稳度过自己的一生。

通奶草

在通奶草面前不要提"血"和"泪"两个字。

把通奶草掐断，断裂处流出乳汁一样的东西。白白的，些许黏。它并不能饮用，如何指着一棵草解渴。但它可以治病。传统中医里，差不多所有草类都有药效，也不知人类到底有多少病，哪来的这么多病。

通奶草站在路边一片绿色上,点缀着草地,成为草地。线一样的细茎,有点硬,直立。叶片两两对生,像一个人身上长了一对儿一对儿的耳朵。从下往上,无处不耳朵。顶端谷粒一样大小的花,白色,几乎等于没有。刚下过雨,整片草地都湿漉漉的。

人们为了验证它流出来的是汁水还是乳液,就要不停地掐断通奶草。此种验证,不过为满足一点点好奇心。对通奶草来讲,却是一次生死攸关的旅程。壁虎断尾后依然活着,但身体岂能像指甲一样,无痒无痛地再生。它需要集聚全身的精华,在伤痕处反复按摩。再生即重生。重生即血泪。

通奶草长得岁月静好,从未剑拔弩张,却如世间万物一样,无妄之变随时到来。本来是干燥的,一场雨让它湿透。从干到湿,已是质变。旁边一棵紫薇树,枝杈延伸,担心台风来时砸到别人,被园丁齐刷刷割掉。通奶草上面少了遮阴的。祸兮福之所倚,福兮祸之所伏。无福无祸,亦有一变。就像你躺在床上接到一个电话,无论这个电话说了什么,你的脸色都跟刚才不一样了。

从通奶草的茎上流出来的,应该是血;但它没有眼睛,泪也隐于腰部。出自同一关节,非血即泪。那就是通奶草的哭泣。响晴白日,蓝天游云下面,隐隐传来哭泣声。

臭鸡屎藤

臭鸡屎藤扒拉开身边密密麻麻的蟛蜞菊的叶子，不让它们挡住自己。天越来越阴，雨要来了。臭鸡屎藤抬高身子，要把体内的味道清洗干净。

臭鸡屎藤其实很漂亮。茎较硬，分叉，上面挤着密集的花朵，像炮仗竹，一个手关节长，圆柱形，细，顶端外翻开，开出五个钝钝的花瓣儿。中心花蕊黑紫色，从远处看，像是花朵的嘴巴被打肿了。未开的小花，一个一个，大米粒儿似的挂在那儿。

如果叶子不被揪下，身体不被打开，那股被视为鸡屎一样的味道就散发不出来。它依然完美。可以站在百花园的高台上，让风吹来赞美的声音。且，那是世世代代流传下来的自保手段，祖上的智慧恩泽至今。但这一代的臭鸡屎藤像是有了新的打算，一切重新来过。

它们需要水。

本来洁白的花朵，都泡成了灰白颜色，略似浮肿。它们仍在不断地一遍一遍地清洗，盼雨祈雨，越洗越灰。路人每天经过这条人行道，余光扫到臭鸡屎藤，所见只是一个漫长过程中的顿号，正如他们自己的前方，亦是看着明确，却具备多种可能性。

泥花草

雨后的绿坪，一大片被称为草的植物，水水亮亮地开花了。母草、白花蛇舌草、旱莲草、一点红、夜香牛等，开得上气不接下气，全都蓬勃成中年。还有一种，即泥花草，最矮，嫩嫩的，叶片大小和外形均似瓜子，有轻微的锯齿，花朵白色，透露出一点紫，呈喇叭状，四个花瓣非常小，不是均匀摆布，三瓣均匀，一瓣平摊，像是那一瓣托着另外三瓣。

萌发晚了，还处于幼年阶段，被一群虎视眈眈的植物逼视着。它们匍匐于地，如小狗见雄狮，叶片上沾满了泥点子。不过泥花草渐渐就会明白，世界并非那么凶险，非此即彼，非黑即白。有一个长长的过渡带，足够它们平安走过一生。

它们亦不知道自己在农田里属被清除的对象。在这一片人工种植的草地上，其作用是丰满画面。长得越大，它们离悬崖就越远。

明天还会有雨，催促着它们加速再加速。旁边的旱莲草睨之，一点红睨之，眼见这帮小毛孩子越来越不像它们自己。不知道它们的底细，却也等不到它们的未来。

水塔花

　　花坛里的水塔花，与其他植物的区别之处是太硬。一根直立的茎，较粗。叶子细长，干干净净，手感似塑料，一片一片，转圈从下往上，逐渐变红，最上面已经是赤红了。顶端中间一小撮黄，貌似花朵。其实红和黄都可以看作花朵的一部分。整株植物，仿佛谁从上面兜头泼了一盆红油漆。上面泼得匀实，下面零零星星，有的叶子上只沾一点红。旁边的叶子也不帮它抹一抹。

　　水塔花太像家养的。很多植物已从野外走到了室内、院内、园内。野性渐消，态更妩媚。唯水塔花，态度不卑不亢，却流露出始终与人最近的样子。种在野外，也似家养。其根部像莲花座，内可盛水而不漏，故名水塔花。它是个救赎者。世界末日到来时，留在大地上的最后一个人，满脸血迹，脚步踉跄。他不晓得自己是幸运还是最大的不幸，但他可以从水塔花的身体里寻得救命的一滴水。

链荚豆

　　草地上，链荚豆开出一片小花，每个也就是钉子帽大小。

花瓣三。两瓣儿在上，灰黄，对开；一瓣在下，紫红，细长。形似蝴蝶在飞。紫红色重，灰黄色轻，潮湿的风吹来，无数紫红的小蝴蝶摇摇摆摆。其叶椭圆形，有的近圆，也不大，非常灵动机巧。走近，触摸一朵花，发现它长在一段枝杈上。另一朵花在另一个枝杈上。细而硬的茎，数条枝杈。追根溯源，每一个花朵和花梗，都没有扎根在土地。这么一大片，同源于一棵硕大的根。好似一个家族，四世同堂，兄弟众多，还没有分家，它们小嘴犀利，共同喊出一个内容：不要分离，不要死亡。

青葙

河水白，河岸绿。绿中突现一点白。那是青葙（音"香"）。丛生，茎青绿色，挺拔分枝，每一枝上一朵花，穗状，像一支笔，尖头，顶上青白，偶尔泛紫，往下一圈白色绒毛，再下又是青白色。所有花都直直地指向天空。小叶，衬得茎和花更显清癯。

此物名青葙，雅。又名狼尾花或野鸡冠花，均取其形似，俗。雅附送俗，皆因量大。物以稀为贵，难得见面，自然多些敬畏，并不敢起个跟自己外甥一样的名字。天天低头不见抬头见，便熟不拘礼，正应了孔子那句话：近之则不逊。

单个的青葙，漂亮归漂亮，夹在乌泱乌泱的一群中，个个都少了凛然之气。庸常的磁场覆盖了本质的高贵。想那远方，正是这样的情境。被人一口一个"野鸡冠花"叫着，随随便便地揪下来，叶喂猪，籽榨油。唯当整个世界只剩下这一株时（不管什么原因），它才亮亮堂堂地站起来。

这一片土地的营养和精华集于一身，只供它一个汲取。不疾不徐，不用担心他者来抢地盘。不用在敌意和警惕中长大。无需担心明天断供。它鹤立鸡群，最高，最壮。负载着整片土地的重托。它成了守护者。

青葙的枝，像旗帜，像战戟。风来了，青葙最先出拳。雨来了，也是青葙最先伸出臂膀。它的生命因子里并无这一使命。是阴差阳错，让它的坚硬和帅气毫无遗漏地显现出来。它青白的花朵，还会变红、变紫。而这一株独立于其他同类的青葙，必将扛着责任一条道走到黑。既是为了土地，也是为了它自己。

朱唇

朱唇在我手边，俯身即可触到它。我真没客气。摸了一下，又摸一下。

　　这种名为朱唇的植物，半米多高，较硬的草本，一株挨着一株。花朵艳红，横着开，与枝干约呈90度角。像小喇叭花，但细长，蕊伸出，其中一片花瓣儿耷拉下来。以唇比拟之，略牵强。嘴唇真要长成这样，怕是受了天谴。具体生活中，下嘴唇比上嘴唇突出，上翘，被称为地包天；下嘴唇义无反顾背离上嘴唇而去，又算是什么呢？吾不知也。小时候，两个嘴唇自然地张着，露出门牙，偶看照片发现这一点，便有意识地闭上嘴唇。眼前朱唇，若求完美，收起那一瓣儿，倒是中规中矩了，但也因此而成另一物。

　　所有事物都会引发联想。你盯住墙上一个钉子，时间长了，它也就不仅仅是一个钉子。没准儿还有什么用意。

　　朱唇的所指呢？是亲吻？持此想象力的，必是生命力极强，乃至怀揣隐隐的侵略性。内敛些的，走到少女的美，便是边界。在思维的四周种上篱笆，连只蚊子都飞不进去。美即一切，前无堵截后无追兵。风吹，扬沙，落下。

　　这朱唇，绝不是讲话的器官。哪怕是好话。何况，只要说话，基本上都是不好的。难听的，冰冷的，对立的，滋事的。所谓祸从口出，病从口入，都是不肯在美的边缘打住,非要更进一步。当年亲见一个少年，认识了某位老总，彼此兴趣相投，交流甚洽。忽一日，少年起意要到老总的公司里谋个高职，而老总并无此兴趣，于是美变成了尴尬。

水茄

水茄是真土气。同为灌木（有的壮大成小乔木），它偏扎根斜坡下，一棵一棵，相携成林，人进去就淹没了。但，没谁闲成这样，出溜到下面供其淹没。

其茎青色，有刺，扎手。粗壮、结实，如幼时农村所见的父辈。多数歪歪扭扭，似要通过这种方式与周围环境契合，以便更稳地站住。叶片大，略显六棱形，又如猪耳朵。上有微毛。叶叶连接处，点缀细碎小白花，五瓣，平平摊开，每个有一枚硬币大小，中间竖一撮儿黄色花蕊。豆粒大小的果实，绿色，累累成坨，与花相映。

藤类植物在枝叶间爬来爬去，水茄老老实实顶着，也不敢晃晃脑袋，怕吓着藤们似的。

美算不上，俏算不上，灵更算不上。就是有膀子力气。它一点都不跳跃，也不给人任何想象。枝干、花朵、果实、叶子，无一令人惊奇，以致让它只能扎在那里，无法向上飞升。

我在水茄的头顶看到了一点点光环。盯的时间越长，光环越明显。光环不是来自外太空，是其自带的。神性之有无，需心心相印之人感应。我知道，水茄隐蔽得太深，过于入戏。恰是这些最土气、最市井的一面，将其神性凝结得那么坚硬，铁锤都凿不碎。

就像所居的这个城市中，零零星星的鬼神妖，一定不是特立独行、动辄爆炸的那种。他们装扮成清洁工、快递小哥、厨师、金融IT男。夜半时分，他们改头换面，闪着亮晶晶的眼睛，做另外一个世界的事儿。我突然一个激灵，被一个梦叫醒，此即众生神性闪电般晃动之时。

硬骨凌霄

硬骨凌霄，比较细的灌木。茎略呈棕色。小叶，一个长柄上有七片叶子，两两对生，顶端一个。花朵橙红色，五瓣，其中两瓣粘连在一起。花萼细筒状，花瓣向外耷拉着。好几朵花围成一簇，在乱蓬蓬的路边植物中突然惊艳。

挂在墙上的凌霄花曾发下宏愿，让自己后代中的一支，不要再像没骨头的绳子一样挂在墙上，永远挺不起来。要大大方方戳在土地上。

于是有了硬骨凌霄。

最初长成时，硬骨凌霄钢铁一般，敲一敲叮当作响。

叶子互相之间谁也碰不到谁，因为太重了，风都吹不动它们。挪动一下更是不可能。根须如铁笊篱，深深扎进泥土。那毫无情感的爪子，捏得土地红肿变形。原教旨主义的硬骨凌霄，跟土地、阳光、水和风，发生了多少冲突与争斗，数都数不过来。

不知道后来发生了什么。一定有曲折回旋。现在看到的硬骨凌霄，和普通的灌木没什么区别。它夹杂在灌木的丛林中，时而长高，时而缩回去，时而左摇右晃，时而挺拔了身子。它的叶子和其他灌木的叶子随时相互摸一摸。其茎韧而柔软，可以弯曲，也可以伸直。

有一天凌霄花看到了硬骨凌霄，问它，这就是我想象中站在地上的样子吗？

硬骨凌霄说，是这样的。我能存活下来，别无他途。

假地豆

湖面很大，荡着层层波浪，应该沿湖边林荫路走一圈，让潮气拍到脸上。妻不肯下来。她说，昨晚大雨，湖水一定会漫上来的。于是我在下面走，她在坡上的柏油路前行。不一会儿，我的前面没有路了，木桥被碧水淹没。妻子在柏油路上向我招手。更远的地方有石阶上下，我不想回头，便沿斜坡直接爬上去。这会踩了坡上的野草，但我知野草生命力旺盛，踩一下，或可令其更壮实。总共也就三四米高，十几秒便爬上去了。在坡中间，我看到了假地豆。

这是一种小灌木，半米高，叶子青绿，略圆。茎直立，分叉。各个杈的顶端长花，像一个小穗子。穗子上都是更小的紫色小花，似小蝴蝶。花落后，穗上剩下密密麻麻的花梗，小刺一般，仿佛因失去小花而伤心。

所谓地豆，有说是花生，说是蔓花生、马铃薯、链荚豆者均有。各地叫法不同。它们都"真"，唯我见到的这株植物是"假"的。假在何处，鬼才知道。假地豆的花，与上述几种植物的花略相似，根茎却完全是两个路子。为其命名者，只知其一不知其二。如无此名，路人不一定会将它们联系到一起，而假地豆自己亦不知有此故事。它们世世代代为自己起的，应为另外一个名字。那个名字所有人都不知道。植物有植物自己的逻辑和梦想。

所以人类丢到"假地豆"身上的三个字，完全约束不了它们。那是另外一个世界里的运行。我停在那儿，仿佛看到了一个事件的发生和进展。而假地豆看到的我，并不叫王国华。它一定悄悄给我起了个名字，或许是一个跟颜色有关的名字，甚至香香的。

大叶相思

太阳在上,大叶相思在下。阳光黄亮。大叶相思也散发着黄亮的光。

斜坡上的树,高约三丈,树皮灰白。叶片状如镰刀,手感似塑料,比塑料还无生气。

也开花,是一个个小穗子,长约一拃,如黄色的毛毛虫。一根叶柄上布满一个一个的小黄点儿,硬硬的,一触即掉。再碰,哗啦啦差不多掉完了。

这些小黄点儿并不知自己的始祖就是太阳。

太阳如万物,亦繁衍生息,只是并非要谈情说爱,两两相交,怀孕生产。或如某些动物,雌雄同体,自己解决;或如另一些,身体断开,一分为二,二分为四,裂变不绝,子子孙孙无穷尽也。太阳之于地球,之于人类,皆有生养之隐喻。

从太阳到大叶相思树上结的黄色小粒儿,至少传了万兆代。彼此之间在外形、性格、习惯上早大相径庭。太阳高挂于天,对隔了这么多代的后世早无认识,更无情感。

小黄点儿同理。

它们彼此看得见,听得着。低头不见抬头见。视而不见。滚落在草丛里的那颗极小极小的太阳,安然卧着。有陆地，有草叶，有水珠，以为这些足够。早晨，互相之间打招呼时最常用的话是：大家五百年前是一家。

黑面神

黑面神，小灌木，高尺余，茎红色，叶片心形，稍细，油亮。在叶片和小枝条之间，长着一朵朵小花，大小、形状均似钉子帽。六瓣，钝钝的，萌萌的，可视为极微缩的荷花。有的中间已长出一个果实，豆粒一般。

我告诉你，这花是绿色的。没错，绿色的。姹紫嫣红的路边，黑面神低沉无语，成一异数。风传当年植物们选择花朵颜色的时候，它只顾玩手机。抬头看，万物全走光，盘子里空无一物。回来跟绿叶商量。绿叶说，凑合用我的颜色吧。

黄葵

脚手架。绿色安全网。轻尘。远处林立的新建小区。近处淌着积水的小沟壑。

柏油路边。长条状的空地上，种满蔬菜。扁豆、小白菜、小萝卜、辣椒、茄子、小葱。踩进去，双脚半陷入土中，有微微的大粪味。

　　几株黄葵。笔直的茎，一人多高，上有疤节，似权被打下的痕迹。叶子细长，有锯齿，摸上去不是很柔顺。顶端长黄色大花，拳头大小，五个花瓣，互相掩一半。花蕊如黄色小棒，藏在中间。一只黑色的蜂在花朵深处手忙脚乱地忙活。它们什么时候才能淡定下来呢？

　　见我拍照，该蜂嗡嗡飞出来，在我头顶附近转来转去。也许是我侵犯了它的地盘，它在威胁我。或许，好不容易见到人来，赶紧亲热一下。

　　远近都无人，更远的地方有人影晃动，不知谁是种植者。若逼我做贼，不偷茄子不偷葱，摘一朵黄葵花即可。

垂茉莉

　　农村有人过世，门口要挂一长串白纸做的幡。城市里不太挂了，怕惊扰了邻居。

　　垂茉莉便如那幡。

　　其实垂茉莉很漂亮。此为灌木之一种，高者像树，需仰头才见。枝头垂下一个个圆锥形的大花,长约一尺,蓬松,洁白。每一束上有无数的小花,近瞧,均五瓣儿,并没平衡摆开,左二右三或左三右二。有浓郁香味,似茉莉花。

人类对花有偏爱,赋予其寓意时,多追求所谓"吉利"。如垂茉莉这般雅致,类比白幡,稍显惊悚。泰国有一电视连续剧,名《垂茉莉的诅咒》,鬼故事,亦惊悚。

一次、两次、三次站在垂茉莉前面,越来越淡然。透过花瓣玲珑的缝隙,似乎看到一条界河。

一生一死。生,为之狂喜和眷恋;死,为之悲伤和恐怖。活着的人,都未亲见另一世界,却想当然地将之分为天堂和地狱。天堂,是放大了的人间至喜。地狱,是放大了的人间至惨。已踏入那个世界的人,没一个回来报信,前方到底是什么样子。可见另一个世界的超然远胜当下的蒙昧初开(或未开)。

人对死的恐惧,莫不如说是对未知世界的恐惧。大朵大朵的垂茉莉在风中轻轻荡漾,指着另一个世界的方向,安抚来人的情绪。人们在这个招牌前喝茶、发呆、聊天。距死迫近,低头不见抬头见。墨西哥的亡灵节,定期把失去的亲人请回家,快快乐乐。站在死的边缘,生便不那么紧张。所以必须有这样一个招牌,一个符号,一个开关。垂茉莉当之无愧。它的香味,总是那么令人迷醉。

葛麻姆

有一种植物的花,气味儿浓烈,介于香和臭之间,所谓香亦可,臭亦可。这种气味并不怪,需亲临现场,用自己的鼻子做几次深呼吸,方信确有其事。

我说的是葛麻姆。藤类,趴在一棵花椒树上。藤蔓坚硬。叶子呈较细的心形,尖头,新绿色。花似穗子,下粗上细,紫色碎花堆积在下面,上面则是灰白色。一只只虽远近高低各不同,但尖锐的头都指向天空。从密密麻麻的叶子里费力钻出来的那个,也一心一意指向天空。

此物古已益人。根、茎、叶、花皆可入药。茎皮纤维织成布匹,做成头巾,即葛巾;揉搓成条,便是葛绳;碾压成纸,即葛纸。都是平民所用之物。迄今仍有以其块根制成的葛粉,具保健、解酒之效。所谓古亦可,今亦可。

今日之葛麻姆,与先前之葛,似是一物,但有较真的分类学工作者不以为然。一认为葛为葛麻姆的变种,一认为葛麻姆是葛的变种。故,又有专家说,两种植物形态与效能几无区别,视为一种也无妨。此亦可,彼亦可。

一只蜻蜓,趴在叶子上,身体与叶片垂直,久久不动,像是在休息。一只细如大米的蜂,倏忽而过。甚至,还有一只苍蝇也飘飘荡荡地流连于此。能为各种生物提供生活场景的植物，兼容并包，性格都好。这市井的画面竟给人以精心构建之感。即，俗亦可，雅亦可。

鱼黄草

树林深处，土地肥软。踏进去，双脚深陷。草木茂盛，应该隐藏着小蛇。至于蚂蚱、蝴蝶、蚂蚁、粗壮的蜂，都不在话下。

曾经整整齐齐的园林植物们，零星逃到这里来。植物也有脚吧，月黑风高夜，这些不肯就范的家伙，乘同伴睡着，拔腿就跑。假马鞭、碧冬茄、鼠尾草、千穗谷，散布于各个角落，成双成对的少，大多孤零零一个。这一块地上的植物，大的大小的小，高的高低的低，绿的绿红的红，毫无规划，随心所欲。全部呈歪瓜裂枣之态。人工种植的若长成这样，早被狠狠修理了。

一个个夜晚，接应它们逃亡的，乃鱼黄草。

这是一种攀爬类植物。匍匐于地，或登顶鹅掌藤、水茄。茎细长，叶子桃形。花朵黄色，全圆，手感薄而软，比一分钱硬币略小，边缘有钝钝的十个锯齿，整体上略似齿轮。

植物们将鱼黄草围在正中间，黄灿灿一片，却无百鸟朝凤之意。大家都是野鸡,流浪汉。鱼黄草凑巧站在了中间。它站在边上,也没谁觉得不妥,更不会往里面让它。

鱼黄草确有不同处。它是至今极少未经人工种养过的植物,身上带着原始的野性。这个柔软的家伙,野性令其金光闪闪,镇住了曾在人类手上辗转反侧者。诸物仰慕它,接近它,爱它,愿意围绕着它而不逃走。它们要模仿鱼黄草,把磨掉的天性一点点找回来。

这块化外之地上,花花草草获得绝对自由,无需担心被人类操纵。随随便便站着,想躺下也没关系,那株假马鞭就是前仰后合的,没人讲大道理教育它。相应的,没人浇水,它们靠天吃饭。旱上几天,就集体仰头看云彩。台风来时,没人为它们关窗、盖被子。这些所谓的代价,在它们那里什么都不算。获得自由的时间越长,形成习惯,就越担心失去。

不远处,林立着一栋栋百米高的大楼,晚上霓虹闪烁。灯下黑。楼里的人咫尺天涯,眼皮都没往这儿抬。

这里是自由的狂欢。在围剿到来之前,将快乐放大到极致。

竹节草

长什么样好呢，竹节草想了又想。

近处的凤凰花、悬铃木，鲜红、艳丽，随风摇摆。远处的紫薇花、扶桑花，硕大、开阔，不怒自威。其他，金苞花、决明、黄灿灿一片，红鸟蕉、蝎尾蕉，翘首顾盼。像谁都不错。窘在选择太多。

躲在草地深处，竹节草叶片似竹叶，一指长，手感涩。茎直而细，稍硬，高不过膝。分支对称，像一个一个的 V 字形，连环套在一起。每一个分支上伸出刺一样的花梗，长长的花苞里，有一个极小的紫红色花朵。那简直称不上花朵，一小长条，最多几毫米。凝神静气，定睛观瞧，星星点点的红，断定就是花。就这，估计也使出了吃奶的劲儿。

要相信，每朵花都试图与众不同。它不说，但会做。亦晓得镜鉴他人之美，为我所用。竹节草想，长成凤凰花那样子吧？于是要红。后来寻思寻思，扶桑花也不错啊，于是变长。再一想，决明吧，反正闲着也是闲着。

憋着一股劲儿，最后成了个四不像。对照打量，竹节草跟学习的对象简直一点关系都没有。

我已近视，最近似乎又老花。摘了眼镜，凑近打量这个失败者，脸对着脸的时候，突然发现它在笑，很开心的样子。

蓼

风凉，劲吹，湖水涟漪起。近岸处，有涛声。诗经中的"蓼"，一丛丛，淹没在各类杂草中，摇个不停。这种草，高不到半米，茎稍硬，有节，分叉。叶片长条状，似苇叶。顶端有穗状花朵，较狗尾草沉实，上面一个个青白色的颗粒，比谷粒小，一碰就掉。或是成熟的种子？管他呢，称其为花也无所谓。花即是实，实即为花。

诗曰，"其笠伊纠，其镈斯赵，以薅荼蓼"，大意为，头戴斗笠，持锄翻土，薅除杂草。可见，蓼并非什么贵族。人类一代二三十年，蓼草一年一代。接续不断绵延两千多年，遭遇灭绝的可能性，或是我的一百倍。以百分之一的机遇，从《诗经》中一直走到我面前，其情也笃。而我，眼睛盯着的是它，身，后。

两千多年啊，影影绰绰的场景，似见似不见。我的先人，亦在那千万人中间。彼时的遭遇和喜怒哀乐，又神圣，又隐秘。我一度哀伤于这遥不可及。此刻触摸着一丛丛蓼，只需一闪念，他们便随着湖面的波纹漾到我身边。

或峨冠博带，仙衣飘飘，或短袖紧身，头裹葛巾，有男有女，有黑黑的胡须和白净的元宝耳朵。他们的举止带着那个时代的共性，他们腔调怪异，我得侧着耳朵，聚精会神才能听清。

彼时的衣食住行，鸡毛蒜皮，如棉花糖塞满我身边的空间。宏大叙事的史书中绝不会有，士子的闲笔中亦凤毛麟角。我摸了又摸，闻了又闻，很快失去兴趣。是的，他们的"满"，不是丰富，是寡淡，是矫揉造作，是矫情，是野蛮，是索然无味，统统裹在一起。与吾之日常并无二致。我从没跳出两千多年前的车辙，且势必一代代覆辙前人。不知多年以后的我们，是否会按部就班变得神圣。

蓼花有白有红。眼前之蓼，因湖水而白。一只蚂蚱在草丛里爬来爬去。湖水的波纹层层叠叠，多过我额头的皱纹。它的愁事压过我的愁事。

芙蓉葵

又大又圆又白。六个最普通的字，简洁，干净，就是给芙蓉葵量身定做的。

古时见人相貌好，喜用"面如圆月"，总觉少了点什么。中间过渡一下，面如芙蓉葵，葵如圆月。便顺理成章。

该花大如小孩的脸，五瓣，完全张开，互相掩着一点，围成一整齐的圆盘。花瓣上有清晰的直线纹路。花心红色，花蕊白色。其叶椭圆形，四五片叶加在一起也顶不上一个花朵大。茎高不及膝。一眼望去，只见硕大花朵悬于空，不见其他。

既然是花，开就开透。舍本逐末。将所有的能量集于一端，认真干好一件事。人也可以这样，突出身体最帅的一部分，一双美丽的大眼睛、一个挺直的鼻子、一双白皙的胳膊，在大街上行走，其余部分忽略不见。刚开始触目惊心，看习惯了，就是姹紫嫣红形态妙，一如芙蓉葵。

十万错

十万错，柔软的草。茎稍微长高一点就弯下来。谦虚谨慎。叶子两两对生，下圆上尖，纹理清晰，摸一摸，稍有绒毛。花朵一个硬币大小，呈小喇叭状，五瓣儿，白色，其中一瓣上有蓝色。每一朵花都如此。也不知那一点蓝对它意味着什么，以至如此坚持。

谁为它命名为"十万错"？其他人为何同意？不得而知。

它以前都做过什么，到底错在哪里？不知道。

左看右看，没有一个理由主动跳到你面前。十万错在烈日下开得正艳，绝不解释。

有好多错，都是被强加其身的，从天而降，管你服不服气。本来老老实实，偶尔一点小误，被有意制造成大恶，成为出气筒。于是，那些人的愤怒和怨气得以发泄，并因此凝聚了群体的幸福和快乐。

沟壑边，鸟鸣啾啾。掌有话语权者，一代又一代，说了多年。

十万错在这种地方也一代又一代，花、叶自如，对谁都不抱歉意，甚至不知自己已背负了人间至恶。十万错，于它们只是代号，如同王国华三个字，并无实际意义。

且也无实际的打击降临。这已足够幸运。

图书在版编目（CIP）数据

掌上花园 / 王国华著. —— 深圳：深圳出版社，2024.7
ISBN 978-7-5507-3126-4

Ⅰ. ①掌… Ⅱ. ①王… Ⅲ. ①散文集 – 中国 – 当代 Ⅳ. ① I267

中国国家版本馆 CIP 数据核字 (2024) 第 069366 号

本书系第九批深圳重点文学扶持作品

掌 上 花 园
ZHANGSHANG HUAYUAN

出 品 人	聂雄前
责任编辑	何旭升　胡小跃
责任技编	梁立新
装帧设计	Lizi

出版发行	深圳出版社
地　　址	深圳市彩田南路海天综合大厦（518033）
网　　址	www.htph.com.cn
订购电话	0755-83460239（邮购、团购）
排版制作	深圳煦元文化创意有限公司
印　　刷	深圳市华信图文印务有限公司
开　　本	787mm×1092mm　1/32
印　　张	18.5
字　　数	170 千
版　　次	2024 年 7 月第 1 版
印　　次	2024 年 7 月第 1 次
定　　价	58.00 元

版权所有，侵权必究。凡有印装质量问题，我社负责调换。
法律顾问：苑景会律师 502039234@qq.com